나는 낳고 싶다

# 날 보고 싶다

**김종일** 청소년 소설

차 례

1. 아름답고 슬픈 겨울 _ 7

2. 상처받은 사람들 _ 23

3. 밤에 피어나는 꽃 _ 49

4. 거친 사람들 속에서 _ 72

5. 놀이공원으로 소풍가다 _ 92

6. 독사 형의 주먹은 세다 _ 121

7. 종수, 입원하다 _ 140

8. 사랑, 그 사랑은 아름답네 _ 170

9. 누나를 찾는 사람들 _ 185

10. 개남이 돌아오다 _ 209

11. 누나, 아프지 마 _ 228

12. 이별, 그 영원한 그리움 _ 242

작가의 말 _ 261

# 1. 아름답고 슬픈 겨울

"어유, 추워! 누나, 나 왔어."

추위에 잔뜩 몸을 움츠리며 방으로 들어선 종수가 발을 동동거리며 말했다. 누나는 죽은 듯이 누워 있다가 종수가 들어오자 살며시 눈을 떴다.

"종수 왔구나. 춥지? 어서 여기로 들어와서 앉아라."

가냘픈 손을 힘없이 뻗어 누나는 이불 한 귀퉁이를 들쳐 주었다.

"누나, 방이 왜 이렇게 추워요? 연탄불 꺼졌나 봐요."

종수는 누나의 말에는 아랑곳없이 앉지도 않고 방 안 여기저기를 둘러보았다. 특별한 장식도 가구도 없는 방은 횅댕그렁했다. 방 안에 있는 물건이라고는 옷을 걸어두는 조립식

옷걸이와 비키니 이불장 그리고 트렁크 두 개, 화장을 하는 경대뿐이었다.

경대 위에는 누나가 쓰는 알록달록한 화장품들이 가지런히 놓여 있었다. 밤이 되면 누나가 화장을 곱게 하고 손님을 맞이하는 데 없어서는 안 될 물건들이었다.

방은 두 사람이 누우면 적당할 정도로 작았다. 그러나 작은 방치고는 웃바람이 너무 셌다. 숨을 내쉬면 입김이 허옇게 뿜어서 나왔다. 시멘 블록으로 벽을 쌓고 그 위에 시멘트를 바른 엉성하게 지은 슬래브 집이라 보온 단열이 전혀 안 되어서였다.

바람이 불 때마다 창문이 덜컹거렸다. 벌어진 창문 틈으로 황소바람이 들어왔다. 색이 바래고 낡은 커튼이 그나마 바람막이 구실을 해주는 듯했다. 그러나 추위를 막기에는 어림도 없었다. 아무튼 방 안은 따뜻한 기운이라고는 전혀 없이 썰렁했다.

"누나, 방이 추워서 어떻게 해요?"

걱정스런 눈빛으로 종수는 누워 있는 누나를 들여다보며 요 밑으로 손을 넣어보았다.

"아유, 차! 이거 방바닥이 얼음장이네. 누나, 이렇게 찬방에 누워 있으면 어떻게 해요? 몸도 아프면서……."

얼굴을 잔뜩 찌푸리며 종수가 안타까운 표정을 지었다. 그런 종수에게 누나는 보일 듯 말 듯한 웃음을 지었다.
　"미안해. 내가 게을러서 연탄불을 꺼뜨렸어."
　그러면서 누나는 종수의 손을 살며시 잡았다.
　"참 누나도. 누나가 게을러서 연탄불을 꺼뜨린 것이 아니라, 저기 저 마귀할멈 같은 할머니가 연탄불을 안 갈아 준거지?"
　종수가 안채 쪽을 향해 눈을 흘기며 원망 투로 말했다.
　"종수야, 그러면 못써. 어른한테 마귀할멈 같다니 그게 무슨 말이야? 연탄불은 내가 꺼뜨린 거야."
　누나는 종수를 나무랐다. 종수는 그런 누나의 나무람에 머쓱해 있다가
　"누나, 나 밖에 나가서 얼른 연탄불 피우고 들어올게. 잠깐만 누워 있어."
하고 자리에서 벌떡 일어났다.
　"종수야, 괜찮아. 누나가 조금 있다 일어나서 불 피울 테니까 그냥 앉아 있어."
　누나가 종수의 손을 잡으며 만류했다.
　"아니야, 누나. 누나는 몸이 아프잖아. 잠깐이면 돼."
　종수는 누나의 손을 뿌리치고 밖으로 나왔다. 밖으로 나

온 종수는 가게로 달려가 번개탄과 우유 한 봉, 빵 한 개를 사왔다.

"누나, 보나마나 밥도 안 먹었지? 여기 빵하고 우유 사왔어."

종수는 사온 빵과 우유를 방 안으로 디밀었다.

"종수야, 고맙다. 네가 무슨 돈이 있다고……."

누나가 자리에서 몸을 반쯤 일으키며 힘없는 목소리로 말했다.

"헤헤……. 형들 몰래 꼬불쳐둔 비상금이 있었거든."

물건을 사고 남은 거스름돈을 누나에게 보여주며 종수가 샐샐 웃었다.

"누나, 그럼 빵 먹고 누워 있어. 나 연탄불 금방 피울 테니까."

방문을 닫으며 종수가 말했다.

종수는 집안을 뒤져 불쏘시개로 쓰일 신문지를 찾았다. 마침 쓰레기통 옆에 신문지가 있었다. 종수는 신문지에 불을 붙여 번개탄에 갖다 댔다. 그러자 곧이어 번개탄에 불이 붙어 뿌지직 소리와 함께 불꽃과 연기가 피어올랐다.

어느 정도 불이 붙었다 싶자, 종수는 하얗게 탄 연탄재를 들어내고 그 밑에 번개탄을 넣었다. 그런 다음 그 위에 새 탄을 올려놓고 공기구멍에 부채질을 하기 시작했다. 좁은 마당은 금방 연기로 자욱했다. 종수는 눈물을 찔찔 흘리며 부지런히 부채질을 해댔다.

그런데 바로 그때였다. 느닷없이 안쪽에서 고함소리가 들려왔다.

"아니, 어느 놈이 남의 집에 와서 연기를 피우고 난리야! 아이고, 매워!"

불을 피우느라 종수가 부산을 떨자, 여태껏 아무 기척도 없던 안채에서 포주 할머니가 문을 벌컥 열고 나왔다.

"야, 이놈아! 넌 누군데 남의 집에 와서 연기를 피우고 난리냐, 난리가?"

신발짝을 직직 끌며 종수에게 다가온 할머니가 삿대질을 하며 대뜸 소리를 질렀다.

"할머니, 저 저는 종수라고 하는데요. 누나가 아파 누워 있는데 연탄불이 꺼져서 불을 피우는 거예요."

느닷없이 고함을 지르는 할머니를 보고 놀란 종수가 더듬거리며 말했다.

"뭐라구? 니놈이 혜련이 동생이라구? 야, 이놈아. 혜련이에게 너 같은 동생 있다는 말 들어보질 못했다."

포주 할머니가 도끼눈을 하고 종수를 잡아먹을 듯이 딱딱거렸다.

문밖에서 큰소리가 들리며 소란스럽자, 방 안에 누워 있던 누나가 방문을 빼꼿이 열며 얼굴을 내밀었다.

"어머니, 왜 아무 잘못도 없는 애한테 욕을 하고 그러세요? 얘는 제가 동생처럼 여기는 아이에요. 그러니 아무 걱정 마시고 들어가세요."

"뭐? 니가 동생처럼 여기는 아이라구?"

누나의 말에 기분이 상한 듯 같잖다는 표정을 지으며 포주 할머니가 누나를 향해 볼멘소리를 내질렀다.

종수는 한쪽에 비켜서서 누나와 할머니의 눈치를 살피고 있었다. 그렇지만 속에서는 화가 부글부글 끓어올랐다. 종수는 이맛살을 찌푸리며 할머니를 노려보았다. 포주 할머니는 종수를 몰라도 종수는 할머니를 잘 알고 있었다. 할머니는 이 바닥에서 악질 포주로 널리 이름이 알려져 있었기 때문이었다.

"얜 어떻게 아는 사이냐?"

화를 내며 소리를 질러대던 할머니가 감정을 가라앉히며 누나에게 물었다.

"어머니도 잘 아는 독사, 아니 최평우 씨 밑에서 일하는 애여요."

"뭐, 독사? 쟤가 독사 밑에서 일하는 애란 말이냐? 옳아, 그러고 보니까 생각이 나는구나. 역 앞에서 찍쇠 노릇을 하는 꼬마로구먼. 생쥐 풀 광주리 드나들 듯 여기저기 드나들면서 찍쇠 일을 하는 꼬마 말이야."

할머니는 그제야 생각이 난다는 듯 고개를 끄덕였다.

젊어서부터 험하고 거친 바닥에서 생활해서인지 나이가 칠십이 넘었는데도 할머니는 은어를 예사로 사용했다.

"그래, 너는 어떻게 해서 저 녀석을 동생으로 삼았냐? 아니지, 내가 그것까지야 알 필요 없구. 너 오늘은 무슨 일이 있어도 일어나서 영업해야 한다. 아프다고 날마다 누워 있으면 밥은 누가 주고 일수는 어떻게 찍을 거야? 알아서 해."

할머니가 정색을 하며 누나에게 나무라듯 윽박질렀다. 할머니가 윽박질러도 누나는 아무 대꾸도 않고 가만히 있었다. 그러자 제풀에 지친 할머니가 돌아서서 안으로 들어가려고 하였다. 돌아서던 할머니가 종수를 힐끗 건너다보았다. 그러고는 명령하듯 한마디 했다.

"너 말이다. 부산떨지 말고 불 다 피웠으면 얼른 가라. 우리 이제 곧 영업해야 하니까. 알았냐?"

할머니가 단도직입적으로 말을 하고 돌아섰다. 그러자 종수가 돌아서는 할머니에게 볼멘소리를 내질렀다.

"가든 말든 할머니가 왜 저에게 이래라저래라 하세요!"

예상 밖의 종수의 말대꾸였다. 뜻밖의 종수의 말대꾸에 할머니는 돌아서 가려던 몸을 휙 돌렸다. 할머니는 어이가 없다는 표정을 지었다.

"아니, 너 방금 뭐라고 했냐? 이런 싸가지 없는 자식을 봤나? 내 기가 막혀서 말이 안 나오네."

씩씩대며 받으러 가는 소 표정을 짓는 종수를 할머니가 표독스럽게 바라보며 거친 말을 내뱉었다.

"종수야, 너 왜 그러니? 어머니, 어서 들어가세요."

그냥 두면 크게 시끄러워질 것 같아 누나가 비틀거리며 방에서 나왔다.

"너도 방금 저놈이 한 말을 들었지? 머리에 피도 안 마른 놈이 대드는 걸."

손가락으로 종수를 가리키는 할머니의 얼굴은 노기로 가득했다. 종수는 속이 부글부글 끓고 화가 머리끝까지 치솟았다. 성질대로라면 악착같이 할머니에게 대들고 싶었다. 그러나 누나를 생각해서 꾹꾹 눌러 참았다.

'칫, 어디 두고 보자. 내가 언젠가 꼭 한번 복수를 하고 말 테니까. 순 악질 마귀할멈 같으니라구.'

종수는 속으로 다짐을 하였다.

"에잉, 별 시러베 아들놈 같으니라구……."

분이 덜 풀린 할머니는 안채로 발길을 돌리면서도 계속 욕설을 내뱉었다. 누나는 그런 할머니를 안타깝다는 듯 말없이 지켜보았다.

종수가 혜련이 누나를 알게 된 때는 작년 봄이었다. 그때 종수는 얹혀살던 고모네 집에서 뛰쳐나와 독사 밑에서 막 찍쇠 노릇을 하고 있었다. 지금 생각하면 종수는 고모네 집에서 나오기를 백 번 잘했다고 생각했지만, 그 당시 고모네 집을 나왔을 때에는 막막했었다. 아무 데도 갈 곳도 없이 무작정 나왔기 때문이었다.

종수는 당장 어디로 가야할지 어디서 무엇을 하며 살아야 할지 몰랐다. 무작정 여기저기를 헤매며 돌아다녔다. 그러다가 발길이 닿은 곳이 청량리 역이었다. 역 주변을 기웃거리며 다니던 종수는 개남이의 눈에 띄었다. 개남이는 독사 밑에서 찍쇠 일을 하는 똘마니였다. 배회하는 종수를 발견하고 개남이는 즉시 독사에게 달려가 보고했다. 보고를 받은 독사는 종수를 데려오라고 명령했다.

독사는 청량리 일대를 주름잡는 깡패 왕초였다. 독사라는 별명은 그야말로 독사처럼 매섭고 날래고 독하다는 뜻에서 붙여졌다. 원래 이름은 최평우였다.

    최평우, 다시 말해 독사는 구두닦이들의 왕초 겸 큰형 노릇을 하였다. 구두닦이들에게만 왕초 노릇과 큰형 노릇을 하는 것이 아니었다. 이 일대의 건달들이나 깡패들에게도 독사는 왕초이면서 큰형이었다. 그래서 다들 독사 앞에서는 꾸벅 죽는 시늉을 하였다.

    개남이에 의해 종수는 독사 앞으로 끌려왔다. 독사는 끌려온 종수에게 이것저것 꼬치꼬치 캐물었다. 일종의 신원파악인 동시에 통과의례를 하는 셈이었다. 종수는 독사의 묻는 말에 솔직하게 있는 사실 그대로를 말하였다. 숨기고 말 것도 없었다. 묻는 말에 조금이라도 거짓말을 하거나 숨기는 것이 있다면 죽도록 맞는다고 엄포를 하였지만, 엄포를 하지 않더라도 종수는 자신에 대해 숨길 것이 없었다.

    한참 이것저것을 묻던 독사는 종수가 오갈 데가 없는 아이라는 판정을 내렸다. 판정을 내린 독사는 종수를 한 식구로 맞아들였다. 그때부터 종수는 독사 밑에서 찍쇠 일을 하면서 살게 되었던 것이다.

    종수가 고모네 집을 나온 것은 나오고 싶어서가 아니었다. 어린 종수로서는 견딜 수 없는 고모네 식구들의 학대와 구박 때문이었다. 종수가 고모네 집에서 살게 된 것은 갑작스럽게 사고로 돌아가신 아버지 때문이었다. 아버지가 돌아가신 것이 원인이 되었지만 그것만이 전부는 아니었다. 엄마의 재혼이 더 큰 원인이었다.

어느 날 엄마는 남자를 만나 재혼을 하였다. 그러고는 얼마 있다가 새 남편을 따라 이민을 가버렸다. 이민을 가기 전 엄마는 종수를 찾아와 자리를 잡는 대로 데려가겠다고 약속했었다. 물론 고모한테도 그런 약속을 하고 넉넉잡고 1년만 종수를 부탁한다고 하였다. 그러나 약속을 하고 떠나간 엄마는 1년이 가고 2년이 지나도 종수를 데려가지 않았다. 그뿐만 아니라 아예 소식도 없었다.

그렇게 해서 종수의 고모네 집에서의 모진 생활이 시작되었다. 처음 얼마 동안 고모네 식구들은 종수를 가엾게 여기고 잘 대해 주었다. 그러나 엄마가 약속한 1년이 지나도 종수를 데려갈 기미가 안 보이자, 그때부터 태도가 달라지기 시작했다.

점점 종수를 차별하고 미워하고 귀찮게 여기고 구박하기 시작했다. 그래도 종수는 이런 모든 것을 묵묵히 참고 견디었다. 어서 하루속히 엄마가 자기를 데려가기를 손꼽아 기다리면서 말이었다. 그러나 기다리던 엄마한테는 아무런 소식도 연락도 없었다.

그에 더하여 구박과 학대는 점점 심해져만 갔다. 하루 이틀도 아니고 날마다 받는 구박을 견뎌낼 수가 없었다. 그러던 어느 날, 종수는 무작정 고모네 집을 뛰쳐나오고야 말았다.

그렇게 해서 독사 밑에서 찍쇠 일을 하게 된 것이지만, 지금의 이 생활이 좋으냐 하면 그렇지는 않았다. 하지만 몸은 고되지만 마음만은 고모네 집에서 생활할 때보다 한결 편했다.

혜련이 누나를 처음 만나던 날, 종수는 일을 제대로 못했다고 딱쇠 성길이 형한테 매를 맞았다. 형들은 툭하면 때렸다. 그중에서 찍쇠 일을 제대로 못했을 경우 더 심하게 때렸다. 그날도 매를 맞고 그 서러움으로 어느 집 담장 밑에 쪼그려 앉아 울고 있었다.

계절은 한창 봄이라 날씨는 따뜻했고 담장 위로는 개나리꽃이 활짝 피어 있었다. 그때 마침 그곳을 누나가 지나다가 종수를 발견한 것이었다. 누나는 그냥 지나치지 않고 울고 있는 종수에게로 다가왔다.

"얘, 얘, 너 왜 여기서 이러고 있니? 왜 울고 있어?"

종수에게 다가온 누나가 다정한 목소리로 물었다.

"……."

"너 어디 아프니?"

하얀 얼굴에 긴 머리를 어깨까지 늘어뜨린 누나는 봄 햇살 속에서 눈이 부시게 예뻤다. 목욕을 갔다 오는 길인지 손에는 목욕가방이 들려 있었다. 말을 할 때마다 누나에게서 풋풋하고 향기로운 냄새가 풍겨왔다. 날마다 거친 형들 속에서 퀴퀴한 냄새만 맡으며 생활하던 종수에게 누나에게서 풍기는 냄새는 너무 좋았다. 종수는 누나의 물음에 슬쩍 고개를 들어 누나의 얼굴을 쳐다보았다. 그러자 누나가 그런 종수를 향해 살짝 미소를 지어보였다.

"애, 너 여기 어디에 사니?"

누나가 다시 한 번 다정하게 물었다.

"예, 여기 살아요."

그제야 종수는 대답을 했다.

"너 몇 살이야?"

"열여섯 살이요."

"열여섯 살…… 그럼 학교에 다니겠구나."

"…… 학교는 안 다녀요."

"학교를 안 다녀? 왜 학교를 안 다니니?"

"……"

학교를 왜 안 다니냐는 물음에 종수는 대답을 못했다. 아니 대답이 막혔다. 종수에게 학교라는 단어는 가장 마음이 아픈 말이면서 말 못할 대답이었다. 누나는 종수의 그런 마음을 알아챈 듯 다른 질문을 하였다.

"아, 내가 네 이름을 안 물어보았구나. 네 이름이 뭐야?"

"종수요. 이종수."

"종수…… 그런데 왜 여기서 이러고 있어?"

"그냥 있고 싶어서요."

"내가 보니까 너 울고 있던데 무슨 일이 있었니?"

누나의 물음에 종수는 우는 모습을 보인 것이 부끄러웠다. 그래서 대답을 못하고 우물쭈물하였다.

"그래, 너라고 울고 싶을 일이 없겠니. 울고 싶을 때는 울어야지……."

혼잣말하듯 작은 소리로 말하고 누나는 종수 곁에 앉았다. 그러자 종수는 슬그머니 엉덩이를 뭉그적뭉그적 비껴 앉으며 거리를 두었다.

"괜찮아. 이리 가까이 와."

누나가 그런 종수의 손을 잡아끌었다. 순간 종수는 당황하였다. 이제껏 누구에게서도 이런 친절을 받아본 적이 없었다. 왕초 독사 형이나 사금쟁이(구두 수선을 하는 사람) 석길이 형, 딱쇠(구두 닦는 사람) 성길이 형, 문수 형, 찍쇠(닦을 구두를 수집해 오는 사람) 개남이 형도 종수를 다정하게 대해주지 않았다. 형들은 그저 종수를 윽박지르고 툭하면 때리고 욕하고 일만 시켰을 뿐이었다.

종수를 윽박지르고 때리는 사람들은 형들만이 아니었다. 구두를 닦는 사람들도 예외는 아니었다. 물론 다 그런 것은 아니었지만, 어떤 사람은 구두를 늦게 갖다 주면 화를 내면서 머리를 쥐어박는 사람도 있었다. 심지어 발길질을 하는 경우까지 있었다.

"종수야, 가까이 와. 내가 얼굴 좀 닦아줄게.

구두약이 얼굴 여기저기 묻어 있는 것을 보고 누나가 가방에서 수건을 꺼냈다.

"괘 괜찮아요. 이따 집에 가서 씻을 거에요."

종수가 옆으로 물러나며 손을 저었다.

"괜찮긴. 어서 이리 와."

종수가 싫다고 해도 누나는 손을 저으며 달아나는 종수를 붙잡고 얼굴을 닦아주었다.

"자, 됐다. 어머, 얼굴을 닦으니까 이렇게 훤하고 잘생겼는걸."

누나가 웃으며 종수의 얼굴을 바라보았다. 종수는 부끄러워서 얼른 얼굴을 숙여버렸다.

1. 아름답고 슬픈 겨울

"이거 봐? 네 얼굴이 얼마나 더러웠었나."

얼굴을 닦아 까매진 수건을 펼쳐 보이며 누나가 말했다. 종수는 수건을 힐끗 보고는 얼굴이 빨개졌다. 부끄러웠다.

## 2. 상처받은 사람들

"마담 누나, 안녕!"

종수가 다방 문을 열고 들어서며 계산대에 앉아 있는 여자에게 인사를 했다. 그러자 계산대에 앉아 손톱 손질을 하고 있던 여자가 그런 종수를 힐끗 보고는

"아유, 조 쥐방울만한 게 꼭 마담이래."

하고 손을 들어 때리는 시늉을 했다.

"그럼 마담 누나한테 마담 누나라고 하지 뭐라고 해요."

종수가 넉살 좋게 실실 웃으며 대꾸했다.

"야, 어른들이나 마담이라고 하는 거지 너 같은 꼬맹이가 마담이 뭐냐, 마담이?"

여자가 손톱 문지르던 일을 중단하며 신경질적으로 쏘아

붙였다.

"마담 누나 소리가 듣기 싫으면 그럼 아줌마라고 부를까요?"

종수가 한술 더 떠 계속 느물거렸다.

"아유, 조게 그래도 끝까지 나를 놀리고 있어. 야, 야, 너하고 더 이상 말씨름하기 싫으니까 어서 닭을 구두나 가지고 나가. 쪼그만 게 발랑 까져 가지고 꼬박꼬박 말대답이야."

여자는 그러면서 귀찮다는 듯 손을 휘휘 내저었다.

"누나, 고맙습니다."

그제서야 종수는 누나라고 부르며 꾸벅 인사를 하고 재빠르게 다방 안으로 들어갔다. 다방 안은 담배 연기 때문에 안개가 낀 듯 뿌옇다. 그리고 여기저기서 차를 마시면서 얘기들을 나누느라 소란스러웠다.

차를 마시는 사람들의 모습도 각양각색이었다. 남자와 여자 둘이서 다정하게 이야기를 나누며 차를 마시는 사람, 여럿이 모여 앉아 떠들면서 차를 마시는 사람들, 누구를 기다리는지 혼자 앉아 연신 담배만 피우는 사람, 다방 아가씨를 옆에 앉혀 놓고 슬쩍슬쩍 엉덩이를 만지는 사람, 발을 경망스럽게 까닥거리며 담배 연기로 도넛 모양을 만드는 날건달 같은 사람 하며. 아무튼 다양한 광경이었다.

종수는 그런 사람들 사이를 누비며 닦을 구두를 수집했다.

"아저씨, 구두 닦으세요."

"누나, 구두 닦으세요."

"아줌마, 구두 닦으세요. 구두 수선도 해드려요. 아줌마, 구두가 터졌는데 수선해 드릴게요."

뚱뚱한 아줌마의 구두를 내려다보며 종수가 말했다. 아줌마의 발은 크고 넓어 발등이 구두 위에 도톰하게 올라 있었다. 그리고 큰 발의 압력으로 구두 옆이 터져 있었다.

"아줌마, 구두 수선하세요."

종수가 아줌마 옆에 서서 다시 말했다.

"됐어. 수선 안 하니까 저리 가."

아줌마가 퉁명스럽게 말했다. 그러나 종수는 포기하지 않았다.

"그거 그냥 신고 다니면 더 찢어져요. 지금 수선을 해야 오래 신을 수 있어요. 잘 수선해 드릴 테니 맡기세요."

"근데 얘가 귀찮게 왜 이래? 안 한다고 했잖아."

아줌마가 눈을 치뜨며 신경질을 내었다.

"예, 알겠습니다."

더 이상 졸랐다간 무슨 일을 당할지 몰라 종수는 그 자리를 물러났다.

"아저씨, 구두 닦으세요."

"야, 꼬마야. 여기 구두 좀 닦아라."

구석진 자리에서 종수를 보고 구두를 닦으라는 주문이 들어왔다. 종수가 소리가 나는 쪽을 돌아보니 한 사람이 아니라 세 사람이 담배를 꼬나물고 히죽히죽 웃으며 종수를 바라보고 있었다.

"구두 닦으시세요?"

종수가 사람들이 앉아 있는 자리로 가며 물었다.

"꼬마야. 구두를 닦으려니까 너를 불렀지, 왜 불렀겠냐?"

"예……. 구두 벗어 주세요. 금방 닦아서 가져오겠습니다."

종수가 슬리퍼를 내려놓으며 말했다.

"야, 파리가 미끄러지도록 광나게 닦아와. 알았어?"

"자식 입이 큰 게 꼭 메기처럼 생겼네."

일행 중 얼굴이 넙데데한 사람이 종수를 보고 놀리듯 말했다. 종수는 그 말을 듣자 기분이 언짢았으나 들은 척 만 척했다.

서너 켤레의 구두를 거둬 종수는 다방을 나왔다. 극장 옆에 자리한 구두부스에서 딱쇠 성길이 형과 문수 형이 열나게 구두를 닦고 있었다. 사금쟁이 석길이 형은 부스 안에서 여자 손님의 구두를 손질하고 있었다.

"야, 인마! 빨랑빨랑 다녀! 너 구두 수집하러 가서 다방 아가씨하고 농담 따먹느라고 늦는 거지? 이 새끼, 이거 벌써부터 여자만 보면 헬렐레 해가지고 정신이 없다니까."

성길이 형이 종수를 힐끗 쳐다보더니 구두를 닦던 손을 멈추며 화를 내었다.

"아니에요, 형. 그러지 않았어요."

종수가 구두를 내려놓으며 억울하다는 표정을 지었다.

"아니긴 뭐가 아니야! 너 이 새끼, 오늘 구두 할당량 못 채우면 이따 어떻게 되는지 알지?"

눈을 부라리며 성길이 형이 종수를 윽박질렀다. 종수에게는 하루치의 구두 할당량이 정해져 있었다. 그 할당량을 다 채우지 못하면 저녁에 집에 들어가서 성길이 형이나 문수 형에게 호되게 추궁을 당했다. 그래서 종수는 할당량을 채우기 위해 다방이나 사무실 등을 그야말로 생쥐 풀 광주리 드나들 듯 드나들면서 닦을 구두를 수집해 와야 했다.

"알았어요. 형, 그리고 이거요. 이 구두는 신경 써서 광 좀 잘 나게 닦아주세요."

종수가 한 구두를 가리키며 성길이 형에게 부탁했다. 그

2. 상처받은 사람들

구두는 약속 다방에서 수거해온 불량하게 생긴 사람들 중 한 사람의 것이었다.

"왜, 인마? 그 구두라고 특별한 거 있어?"

문수 형이 광을 내느라 구두에 침을 퉤퉤 뱉으며 물었다.

"그게 아니고요. 구두 주인이 좀 깡패처럼 생겼어요."

종수가 구두 주인을 떠올리며 대답했다.

"어떤 놈인데 구두 하나 닦으면서 유세를 떠는 거야? 우리가 이 짓을 하니까 다들 우습게 안다니까. 종수야. 넌 그런 데에 신경 쓰지 말고 빨리 닦을 구두나 수집해 와. 알았어?"

"예, 알았어요."

대답을 하고 종수는 구두닦이 부스를 떠났다. 거기서 더 미적거리다가는 좋은 소리를 못 들었다. 좋은 소리는커녕 욕을 먹지 않으면 주먹으로 머리통을 맞을 뿐이었다. 형들은 언제나 말보다 주먹을 앞세웠다. 그러기 때문에 눈치껏 행동을 해야지 그러지 않으면 맞기만 할 뿐이었다.

종수는 건물 안에 있는 사무실과 다방 등을 부지런히 돌아다녔다. 사무실에는 이제 종수의 단골들이 제법 많이 생겨서 사람들은 정기적으로 종수에게 구두를 닦았다. 그래서 그런 단골들은 서비스 차원에서 수선할 데가 있으면 가벼운 것에 한해 무료로 해주었다. 그리고 구두 닦는 값은 한 달에 한

번 몰아서 받았다. 종수는 작은 수첩을 가지고 다녔다. 수첩에는 구두를 닦는 사람들의 이름과 그 달에 몇 번 구두를 닦았는지 숫자가 표시되어 있었다.

"야, 종수야. 구두 빨리 갖다 주고 와. 돈 제대로 잘 받고."

종수가 구두를 수집해 오자 닦은 구두를 가리키며 성길이 형이 말했다. 성길이 형과 문수 형은 수북이 쌓여 있는 구두를 닦느라 정신이 없었다. 성길이 형이 구두에 묻은 먼지를 솔로 닦고 구두약을 발라 문수 형에게 넘기면 문수 형이 구두의 광을 내는 작업을 하였다. 분업화해서 구두를 닦기 때문에 구두 한 켤레 닦는 데 일 분이 채 안 걸렸다.

사금쟁이 석길이 형은 부스 안에 자리를 잡고 앉아 구두를 수선하였다. 수선은 구두 주인들이 직접 와서 하는 경우가 대부분이었다. 수선은 주로 한 쪽으로 닳은 구두 뒷굽을 가는 일이었다. 남자 구두는 주로 뒷굽 갈기였고, 여자의 경우는 밑창이 얇기 때문에 밑창 갈기와 구두 옆이 터져서 꿰매는 경우가 많았다.

수선 일은 어느 정도의 기술이 필요했다. 그래서 사금쟁이인 석길이 형이 맡았다. 석길이 형은 형들 중에서 나이가 가장 많았다. 그런 형은 장애를 가지고 있었다. 형은 말을 못했다. 벙어리였다. 비록 말을 못하는 벙어리였지만 눈치 하나만은 빨랐다. 그래서 눈치 하나로 모든 상황을 파악하여 일을 했다.

 석길이 형은 종수에게 욕도 별로 안 했고 아니 못했고 때리지도 않았다. 석길이 형은 고아 출신이었다. 그것도 아주 어릴 때에 부모를 잃었다고 한다. 어떻게 보면 정말 가엾은 형이었다. 그는 일찍이 왕초 평우 형을 만나 이 판에서 찍쇠 일과 딱쇠 일을 했었고, 지금은 기술을 익혀 사금쟁이 일을 하고 있었다.

 "아저씨, 구두 닦아 왔습니다."
 종수가 세 사람이 있는 자리로 가 발치에 구두를 놓으며 말했다. 그러자 그들은 담배를 피우며 서로 낄낄대며 웃고 이야기하다가 종수를 쳐다보았다.
 "잘 닦아왔냐? 어디 보자. 파리가 미끄러질 정도로 광을 내 왔는지."
 구두를 맡긴 사람이 자기 발밑에 놓인 구두를 들어 불빛에 이리저리 비쳐보며 말했다.
 "흠, 광이 덜 난 것 같은데……. 야, 니들이 볼 때 이거 광이 잘 난거냐? 파리는커녕 개미 한 마리 안 미끄러지겠다. 안 그러냐?"

　불량하게 생긴 사람이 나머지 두 명에게 눈길을 돌리며 물었다.

　"인마, 이걸 구두라고 닦아오는 거야? 그래도 돈을 받으려고 그래. 자식, 이거 웃기는 놈이네."

　일행 중 한 사람이 괜한 트집을 잡으며 말했다. 이들은 처음부터 트집을 잡으려고 마음을 먹은 사람들이었다. 종수는 이 사람들의 인상이 좋지 않아 꺼림칙했는데, 역시 꺼림칙한 기분대로였다. 이들은 구두를 잘 못 닦았다는 걸 핑계로 몇 푼 되지 않은 돈을 주지 않으려는 속셈이었다.

　"아저씨, 이 정도면 잘 닦은 거예요. 보세요, 광이 잘 나잖아요?"

　종수가 나머지 한쪽 구두를 들어 보이며 말했다.

　"야, 인마. 니 눈에는 이게 잘 닦인 것으로 보이냐? 너 돈 받으려면 다시 닦아오든가 그러지 않으면 그냥 가. 알았어, 꼬마야?"

　구두 주인이 종수에게 눈을 부라리며 말했다. 다른 두 사람은 히죽히죽 웃고 발을 경망스럽게 까닥이며 종수가 어떻게 하는가 지켜보고 있었다.

　"아저씨, 돈 주세요. 다음에 더 잘 닦아 드릴게요."

종수가 울상을 지으며 사정조로 말했다.

"아, 그 자식. 말 되게 안 듣네. 너 정말 한 대 맞을래? 다시 닦아오든가 그냥 가든가 하라고 그랬지? 짜증나게 더 말하게 할래?"

구두 주인이 인상을 쓰며 한 대 때릴 듯이 주먹을 들어올리며 윽박질렀다.

"아, 알았어요. 다시 닦아 올게요."

할 수 없이 종수는 구두를 들고 다방을 나왔다. 상대해봤자 통할 사람들이 아니었다. 처음부터 트집을 잡고 시비를 걸려고 작정을 한 사람들을 이길 수는 없었다. 구두를 수집하려 여기저기를 다니다 보면 별사람이 다 있었다. 그중 저들 같은 사람들도 많이 만났다. 분명 저들은 양아치 아니면 날건달들이었다. 그렇다고 독사 형 같은 깡패 왕초도 아니었다. 독사 평우 형은 비록 깡패지만 저런 치들과는 질이 달랐다. 평우 형은 나름대로 의리도 있었고 인정도 있었다. 그리고 최소한 저런 치들과는 달리 약한 사람을 괴롭히지는 않았다.

"형, 이 구두 다시 닦아 달래."

종수가 볼이 잔뜩 부어 방금 닦아서 가져간 구두를 내려놓았다.

"뭐야? 닦은 구두를 왜 다시 닦아?"

성길이 형이 종수를 올려다보며 인상을 썼다.

"뭐가 잘못 됐어? 누가 다시 닦아 달래?"

문수 형도 구두를 문지르던 손길을 멈추고 물었다.

"웬 별 날건달 같은 사람들이 트집을 잡으면서 돈 달래도 돈도 안 주고 구두를 다시 닦아 오래잖아요."

종수가 볼이 잔뜩 부어 퉁명스럽게 말했다.

"뭐라구? 어떤 놈인데 그래?"

성길이 형이 닦던 구두를 팽개치고 자리를 박차고 일어났다.

"저기 약속 다방에 있는데 세 사람이에요."

손가락으로 다방을 가리키며 종수가 대답했다.

"좋아, 내가 다시 한 번 광을 내줄테니까 갖다 주고 돈 받아 와. 이번에도 또 트집 잡으면 그땐 안 참는다."

문수 형이 구두를 집어 들며 말했다.

"형, 내가 종수랑 같이 가볼게요. 그래서 무슨 일이 있으면 형한테 달려올게요."

찍쇠 개남이가 어느새 어디를 갔다 왔는지 끼어들었다.

"그래, 그러는 게 좋겠다. 씨팔, 별 새끼들이 다 지랄을 하네."

2. 상처받은 사람들 33

"개남아, 너 이 새끼야! 어딜 그렇게 발발거리고 싸돌아다녀? 구두 수집 제대로 하고 있는 거야, 뭐야?"

성길이 형이 늦게 나타난 개남이 형을 보고 욕을 해댔다. 애꿎은 개남이에게 화풀이를 하는 것이었다. 그러자 개남이 형은 뒷머리를 긁적이며 우물거렸다.

"아 형, 잠깐 일이 있어 어디 좀 갔다 왔어요."

"일은 무슨 일이야? 너 이 새끼 일하기 싫어 꾀부리고 엉뚱한 데 갔다 온 기 다 안다. 너보다 어린 종수는 찍쇠 하느라 정신이 없는데 농땡이 부려? 너 그러다 맞을 줄 알아?"

"형, 알았어요. 열심히 할게요."

개남이가 꼬리를 내리며 성길이 형에게 비굴한 웃음을 지어보였다. 그러자 성길이 형은 그런 개남이와 종수를 다시 한 번 둘러보며 명령하듯 말했다.

"좋아. 너희 둘 빨리 약속 다방 그놈에게 구두 갖다 주고 돈 받아와. 무슨 일이 있으면 개남이 넌 빨리 달려오구."

"알았습니다, 형님!"

개남이가 비웃살 좋게 턱 거수경례까지 해 가며 대답했다.

종수는 다시 한 번 광을 낸 구두를 들고 약속 다방으로 들어갔다. 종수와 개남이가 들어오자 카운터에 앉아 있는 여자가 입을 삐쭉거리며 눈치를 주었다. 종수는 그런 여자를 향해 씩 한번 웃음을 지어주고 안으로 들어갔다.

"야, 이 구두 주인이 누구냐? 나 여기 앉아 있을 테니까 구두 주고 와."

개남이가 뒤로 처지며 빈 테이블을 발견하고 자리에 앉으며 말했다.

"알았어. 형, 저기 저 사람들 있지? 저 사람들이야."

종수가 목소리를 낮추며 손으로 구석진 곳을 가리켰다.

"그래? 자식들 순 날건달같이도 생겼다."

개남이가 종수가 가리키는 쪽을 힐끗 노려보며 빈정거렸다.

종수는 세 사람이 있는 자리로 나가샀다. 세 사람은 커피 한 잔을 시켜 놓고 몇 시간을 노닥거리고 있었다. 종수가 다가오자 얼굴이 넓적하게 생긴 남자가 힐끗 종수를 쳐다보며 일행들에게 말했다.

"야, 저기 꼬마 온다."

넓적하게 생긴 사람의 말에 두 사람이 종수 쪽으로 얼굴을 돌렸다.

"꼬마야, 이번에는 제대로 닦아서 가져왔겠지? 어디 한 번 보자."

구두를 맡긴 사람이 종수를 보고 말했다.

"예, 이번에는 정말 광이 번쩍번쩍 나게 닦아서 가져왔어요."

종수가 구두를 맡긴 사람의 발치에 구두를 놓으며 자신 있게 말했다.

"자식, 큰소리는. 야, 꼬마야. 너 나이가 몇 살인데 학교 안 다니고 찍쇠 일을 하냐?"

"저요? 열여섯 살이요."

"그러면 중학교 3학년 나인데."

"자식, 집을 나왔거나 학교에 다니기 싫어서 이 짓을 하겠지."

일행은 종수를 두고 자기들끼리 이러쿵저러쿵 했다.

"구두 잘 닦았죠?"

종수가 비굴한 웃음을 지으며 물었다.

"글쎄, 아까보다 조금 나은 것 같긴 한데……. 아직 내 눈에는 광이 덜 나는 것 같은데……."

"아저씨, 여기에서 더 이상 광이 안 나요. 우리 형이 얼마나 열심히 닦았는데요."

종수가 강변하듯 말했다. 그러자 세 사람은 종수를 보고 히죽히죽 웃으며 느물거렸다.

"야, 인마. 니 눈에는 광이 잘 난 것처럼 보일지 몰라도 우리 형님들 눈에는 그렇게 보이지 않으니 어떻게 하나?"

"아저씨, 그러지 마시고 빨리 돈 주세요."

종수가 울상을 지으며 애원하듯이 말했다.

"야, 좋은 말 할 때 그냥 가라. 이런 걸 구두라고 닦고 돈을 받으려고 하면 어떻게 하나? 안 그러냐? 꼬마야."

그러면서 구두를 맡긴 사람이 종수의 머리를 거칠게 쓰다듬었다. 그러자 종수는 얼굴이 확 달아올랐다. 생각할수록 울화통이 터졌다. 구두 닦은 돈이 몇 푼 된다고 그걸 안 주려고 어린애한테 시비를 거는지 한심했다. 정말 벼룩의 간을 내먹을 일이었다. 정말 치사한 사람들이었다.

"안 돼요! 구두를 닦았으면 돈을 줘야지요. 왜 그냥 닦으려고 그래요. 빨리 돈 주세요."

종수가 큰소리로 말했다. 그러자 그들은 종수의 돌변한 행동에 어이가 없는지 잠시 종수를 멍하니 바라보았다.

"아니, 이 자식이 어디서 큰소리야! 이 새끼가 간땡이가 부었나. 어리다고 봐주었더니······."

그러면서 종수의 머리를 한 대 콕 쥐어박았다.

"왜 때려요?"

종수가 머리를 부여잡고 대들었다. 그러면서 힐끗 개남이

2. 상처받은 사람들 37

쪽을 보니 개남이는 재빨리 출입구로 달려가고 있었다. 그리고 곧이어 성길이 형과 문수 형, 개남이가 달려왔다. 형들은 시근벌떡 종수가 있는 자리로 달려오더니 일행들에게 큰소리로 말했다.

"형씨들, 당신들 뭔데 구두 닦고 돈을 안 내는 거야? 그래도 되는 거요?"

형들이 달려와 큰소리로 따지자 건달들은 찔끔하였다. 그러나 그것도 잠깐일 뿐, 건달들은 꿈직도 않으면서 형들에게 험상궂게 인상을 쓰며 빈정대었.

"아쭈, 아예 일개 소대가 출동을 하셨군 그래. 너희들이 구두를 닦는 딱쇠들인 모양인데 구두 좀 제대로 닦고 돈을 받든가 말든가 하시지."

건달 중에 불량하게 생긴 사람이 자리에서 일어나며 형들에게 말했다.

"뭐, 너희들? 이 사람 정말 웃기는 사람이네. 방귀 뀐 놈보다 똥 싼 놈이 더 성낸다더니 바로 그 짝이로군. 시비 걸지 말고 빨리 돈 내놔. 구두를 닦았으면 당연히 돈을 내야 할 거 아냐, 이 사람들아!"

"뭐라구? 이 사람들아? 야, 너 나이가 몇 살이나 되는데 우리더러 이 사람들이라고 하는 거야?"

형들과 날건달들이 어울려 살벌하게 말싸움을 하자, 다방 안에 있던 사람들이 모두 쳐다보았다. 그러자 마담과 레지들이 몰려왔다.

"뭣들 하는 거예요? 영업하는 곳에서. 싸우려거든 나가서 싸우든지 하세요. 남 영업하는 장소에서 뭣들 하는 거예요?"

"미안합니다. 이 사람들이 구두를 닦고서 돈을 안 주잖아요. 그래서 그러는 건데 돈만 받으면 금방 나갈게요."

성길이 형이 마담에게 허리를 굽실거리며 말했다. 건달 세 사람은 자기네와는 무관한 일이라는 듯이 느긋하게 자리에 앉아 몸을 건들거리며 히죽히죽 웃었다.

"형씨들도 들었지? 빨리 돈 줘. 우리 나갈 테니까."

성길이 형이 일행들에게 돈을 날라며 손을 내밀었다. 그러나 건달들은 성길이 형의 손은 거들떠도 보지 않고 딴청만 부렸다.

"돈 빨리 못 줘!

참다못한 성길이 형이 일행들을 노려보며 소리를 질렀다. 문수 형과 개남이도 눈을 부라리며 그들을 노려보았다. 여차하면 한판 벌일 기세였다. 종수는 어찌할 바를 몰라 안절부절 못하였다. 여기서 싸움이 나서는 안 되었다. 이럴 때 독사 형만 있었으면 얼마나 좋을까 하는 생각이 문득 들었다.

2. 상처받은 사람들 39

종수가 아는 독사 형은 큰소리 내지 않고 싸움의 승부를 결정했다. 싸우지 않고 이기는 기술. 그런 기술이 독사 형에게는 있었던 것이다. 불가피하게 주먹이 오가는 싸움이 일어났을 경우에도 독사 형은 지는 법이 없었다. 독사 형은 싸움 기술도 뛰어났지만 상대방의 기를 누르는 힘이 있었다. 독사 형이 조용히 한마디 하면 웬만한 사람들은 꼬리를 내렸다. 그만큼 독사 평우 형은 상대방의 기를 누르는 배짱과 과감성, 싸움 기술이 뛰어났던 것이다. 그러니 성길이 형과 문수 형, 개남이 형은 달랐다. 아니 독사 형과는 비교할 수가 없었다. 그리고 지금 형들에게 시비를 거는 건달들도 비교가 되지 않았다. 이들 세 건달은 아주 비겁하고 치사한 사람들이었다. 얼마 안 되는 구두 닦은 값을 안 주려고 하는 쨰쨰한 사람들이었다. 이런 사람들은 독사 형을 만나 뜨거운 맛을 봐야 정신을 차리는데 독사 형이 없어 아쉬웠다.

결국 이들에게서 어렵사리 돈을 받아 내었다. 형들이 어떤 사람들인데 돈을 못 받아 내겠는가. 결코 호락호락한 형들이 아니었다. 이 바닥에서 십수 년을 살아온 형들이었다.

그날 저녁이었다. 저녁을 먹고 할 일이 없는 형들은 방 여기저기에 누워 뒹굴었다. 그러면서 여성지나 벌거벗은 여자들이 나오는 잡지 나부랭이들을 뒤적거리며 서로 귀엣말을 하면서 킬킬거렸다.

사금쟁이 석길이 형은 일찌감치 잠자리에 들었다. 석길이 형은 일이 끝나고 나면 일찍 잠자리에 들거나 아니면 목각을 하였다. 목각 일은 석길이 형의 취미라면 취미였고 소일거리라면 소일거리였다. 일가친척이나 형제들이 하나도 없는 혈혈단신인 석길이 형은 쉬는 날에도 어디를 가거나 누구를 만나러 가는 일도 없었다. 오로지 방에 처박혀 잠을 자거나 목각을 하며 시간을 보냈다. 석길이 형은 구두 수선 기술만 있는 것이 아니라 목각에도 아주 소질이 있었다.

석길이 형은 목각을 해도 주로 한 가지 형상을 조각하였나. 가끔 다른 형상들노 조각하긴 하였다. 그렇지만 머리에 수건을 쓰고 치마저고리를 입은 엄마 형상을 주로 목각하였다.

종수는 그게 궁금하였다. 왜 엄마 형상만 주로 조각을 하는지 물어보고 싶었다. 그러나 물어볼 수가 없었다. 벙어리이기 때문이었다. 그래서 수화로 물어봐야 하지만 종수는 수화를 하지 못하였다. 간단한 일상적인 것만 했다. 그것도 수화가 아닌 몸짓에 불과하지만 말이다.

석길이 형은 방 한쪽 귀퉁이에 틀어박혀 잠을 자고, 성길이 형과 문수 형은 주간지를 뒤적거리며 뭐가 그렇게 재미있는지 계속 킬킬거렸다.

개남이는 밖으로 나돌아다녔다. 어디를 가는지 일만 끝나면 개남이는 밖으로만 나돌았다. 일을 마치고 집에 돌아와도 종수는 형들이 이것저것 시키는 잔심부름에 엉덩이를 부지하고 쉴 틈이 거의 없었다. 담배 심부름, 군것질 심부름, 저녁 먹은 설거지 하며 냄새나는 형들이 벗어 놓은 양말 빨래까지 이짓저짓 잔일이 많았다.

막내라고 만만하게 생각해서 그런지 웬만한 것은 다 종수의 몫이었다. 종수가 오기 전에는 개남이가 이런 일들을 했으나 종수가 합류하고부터는 종수의 몫이 되어 버렸다.

"다들 방에 있냐?"

문을 드르륵 열며 왕초 독사 형이 성큼 방 안으로 들어섰다. 독사 형이 들어서자 성길이 형과 문수 형이 재빠르게 일어났다. 성길이 형은 보던 주간지를 이불 속으로 슬그머니 감추었다. 왕초 형이 온 낌새를 채었는지 누워 있던 석길이 형도 부스스 일어났다.

"자리에 앉아라."

독사 형이 자리를 잡고 앉으며 일어나 있는 형들에게 말했다.

"예, 형님."

대답을 하고 독사 형 주위에 둘러앉았다. 종수도 형들의 눈치를 보며 윗목에 엉거주춤 앉았다.

"개남이는 어디 갔냐?"

독사 형이 식구들을 죽 훑어보며 개남이 형이 없다는 것을 알고 물었다.

"그 새끼 잠시를 집에 안 있어요. 새끼가 어디를 그렇게 빨빨거리고 쏘다니는지 몰라요."

고자질하듯이 문수 형이 툭 나서서 고해바쳤다.

"그래? 어디를 나다니는 거냐?"

"모르죠. 자식이 어디를 다니는지."

"막내야, 넌 개남이가 어디 갔는지 아냐?"

독사 형이 종수를 돌아보고 물었다.

"잘 몰라요. 제가 찾아올까요?"

종수가 짚이는 데가 있어서 말했다.

"그래. 빨리 찾아 와라."

종수는 집을 나왔다. 전에도 한 번 본 적이 있었는데 개남이는 같은 구두닦이 또래하고 어울려 자주 포커를 하였다. 종수는 좁은 골목길을 따라 길게 이어진 가파른 계단을 올라갔다. 그 끝 쪽에 위치한 집에 영철이라는 찍쇠 일을 하는 형이 살았다.

종수가 숨을 헐떡이며 그 집에 이르렀다. 문틈으로 살짝 엿보니 신발 여러 켤레가 어지럽게 헝클어져 있는 것이 보였다. 종수의 예측이 들어맞았다. 안에서 떠들썩한 소리들이 연신 흘러나왔다.

"형, 개남이 형!"

종수가 조심스럽게 개남이를 불렀다. 그러자 왁자지껄 시끄럽던 방 안이 갑자기 조용해졌다.

"형, 나야. 빨리 나와."

종수가 거듭 개남이를 불렀다.

"왜 그래, 새끼야!"

문을 빼꼿 열어 머리통을 밖으로 내밀며 개남이가 불퉁스럽게 욕부터 했다.

"형, 독사 형이 집에 왔어. 빨리 오래."

"그래? 너 내가 여기 있는 거 어떻게 알았어?

신발을 꿰어 신으며 개남이가 이맛살을 찌푸리며 물었다.

"전에 한 번 여기서 형 봤잖아."

"너 내가 여기서 애들하고 포커 한다는 거 형들한테 말하지 마. 그랬다간 넌 아주 죽을 줄 알아."

개남이가 종수에게 눈을 부라리며 주먹을 종수 눈앞에 보였다.

"말 안 할게. 빨리 가자. 형들이 기다리겠다."

개남이를 재촉하고 종수는 골목길을 뛰어 내려갔다.

잠시 후 집에 도착하였다.

"너 이 새끼, 어디를 그렇게 싸돌아다니냐?"

개남이가 방에 들어서자 성길이 형이 개남이의 머리통을 쥐어박았다. 개남이 형은 머리통을 싸매고 울상을 지었다.

"야, 야, 됐다. 개남이 종수 너희들도 거기 앉아라."

독사 형이 성길이 형을 제지하고 두 사람에게 말했다. 독사 형은 가족의 왕초지만 같이 살지는 않았다. 그렇지만 저녁에는 꼭 한 번씩 들러 그날 일한 수입을 계산하고 무슨 일이 있었는가 보고를 받았다.

"너희들 오늘도 수고들 했다. 그런데 오늘 무슨 일이 있었던 모양인데 무슨 일이 있었냐?"

독사 형이 성길이 형이 건네주는 수첩과 돈을 비교해 보며 물었다. 독사 형은 오늘 약속 다방에서 있었던 일을 알고 있는 모양이었다.

"형님도 알고 계세요? 오늘 정말 별 거지같은 새끼들 때문에 한바탕 하려다가 말았어요."

성길이 형이 낮의 일을 떠올리며 흥분하여 말했다.

"무슨 일이 있었는데? 자세히 말해 봐."

독사 형이 성길이 형을 빤히 쳐다보며 말했다. 성길이 형은 낮에 있었던 일을 하나도 빼놓지 않고 독사 형에게 미주알고주알 보고하였다. 그는 제풀에 흥분이 되어서 주먹을 쥐었다 폈다 하면서 한참을 이야기하였다. 독사 형은 잠자코 성길이 형의 이야기를 듣고 있었다. 다른 형들도 성길이 형의 말 중간 중간에 끼어들어 한마디씩 보탰다.

종수와 석길이 형만 가만히 있었다. 종수는 말할 기회도 없었거니와 형들이 말하는데 버릇없이 끼어들 수가 없어서였고, 석길이 형은 말을 못하기 때문이었다. 석길이 형은 눈을 끔벅이며 형들의 입을 바라만 보았다.

"알았다. 내가 내일 약속 다방에 가서 그놈들 있으면 버릇을 고쳐 놔야겠다. 치사한 새끼들, 그래, 구두 닦은 값을 안 주려고 했단 말이지?"

독사 형이 입술을 지그시 물며 말했다.

"예. 형님, 그 새끼들 만나면 단단히 버릇을 고쳐 주십시오. 정말 날건달 양아치 같은 새끼들이었습니다."

낮에 있었던 일에 분이 덜 풀린 문수 형이 독사 형에게 당부를 하였다.

"알았다. 종수야, 너 그 사람들한테 맞았다면서."

독사 형이 종수를 돌아보고 물었다.

"…… 예, 한 대 맞았어요."

종수가 기어들어가는 목소리로 대답했다.

"야, 인마! 그런데 왜 우리들한테는 맞았다고 안 했어? 그걸 알았으면 그 새끼들 가만 안 놔두는 건데."

성길이 형이 종수에게 눈을 부라리며 말했다.

"그냥……."

종수가 우물거렸다.

"저런 바보 같은 새끼! 맞았으면 맞았다고 말을 해야지, 이 새끼야!"

종수가 맞았다고 하니까 문수 형도 화가 나는 모양이었다. 그럴 만도 했다. 형들은 무엇보다 나름대로의 자존심이 있었다. 그래서 누구에게 부당한 대우를 받았다든가 더군다나 자기 식구가 맞았다면 참지를 못하였다. 꼭 앙갚음을 해야 했으며 다른 패거리에 맞고는 못살았다. 맞았으면 맞은 것에 대한 보복을 하였다.

"야, 됐다. 그만하고 이제 다들 자라. 그 일은 내가 알아서 해결할 테니까. 종수야, 다치지는 않았지?"

독사 형이 종수를 돌아보며 물었다.

"예, 다친 데는 없어요."

"그럼 됐다. 종수, 너 오늘 수고 많았다. 자, 그럼 나 일어난다. 내일 보자."

## 3. 밤에 피어나는 꽃

 밤의 청량리는 낮과는 또 달랐다. 낮에는 낮대로 번잡하고 사람의 왕래가 많았지만 밤에는 또 밤대로 번잡한 곳이 청량리였다. 역 주변에는 상가와 술집과 음식점이 몰려 있었는데, 청량리 하면 빼놓을 수 없는 것이 속칭 청량리 588이라는 사창가였다. 사창가는 성바오로병원 뒤쪽으로 형성되어 있는데, 병원과 사창가는 묘한 대조를 이루고 있었다.

 이 부근에는 유독 병원이 여러 곳에 있었다. 성바오로병원을 비롯하여 서울성심병원, 청량리정신병원, 시립 동부병원이 앞서거니 뒤서거니 위치해 있었다.

 종수는 일이 끝난 뒤라 저녁을 먹자마자 형들에게 허락을 받고 외출을 하였다. 오늘은 모처럼 혜련이 누나를 만나러 가기로 하였다. 여간해서 영업시간인 저녁에는 찾아가지 않았지만 며칠 못 본 누나가 궁금하고 보고 싶었다.

사창가가 줄지어 있는 골목길로 들어서자 붉은 조명등이 내는 붉은빛이 거리에 가득했다. 유리로 된 진열대 안에는 하늘하늘한 드레스나 얇은 옷을 입은 여자들이 자태를 뽐내며 지나가는 남자들을 유혹했다.

"오빠, 놀다 가세요."

"어머, 자기 멋져. 오늘밤 나랑 재미있게 놀아요."

"오빠, 놀다 가. 끝내 줄게."

여자들이 지나가는 남자들의 팔을 끌어당기며 이런저런 유혹의 말들을 해댔다. 그러면 남자들은 팔을 뿌리치며 도망치듯 걸음을 서두르는 사람이 있는가 하면, 못 이기는 척 끌려가기도 했다.

종수는 그런 여자들 사이를 서둘러 걸었다. 처음 종수가 이런 모습을 목격했을 때에는 얼굴이 뜨겁고 못 볼 것을 본 것처럼 얼굴을 들지 못하였다. 그러나 지금은 아무렇지도 않았다.

"어머, 꼬마 손님이네. 이런 데 오기는 너무 이른 거 아냐?"

한 여자가 종수를 보고 놀리듯이 말했다.

"이리 와요. 어리지만 이 누나가 잘해 줄게."

"얘, 아직 고추도 여물지 않았겠다."

"그러면 어때? 가지고 놀면 되지."

"하하하!"

여자들이 서로 종수를 보고 이런저런 말을 찧고 쌓고 하면서 자기들끼리 허리를 잡고 까르르 웃었다. 종수는 여자들이 뭐라고 해도 뒤도 돌아보지 않았고 그런 말들을 귀담아 듣지 않았다. 오로지 앞만 보고 누나가 있는 곳으로 서둘러 걸었다. 누나도 분명 저 여자들처럼 길에 나와 있을 것이다. 그러나 누나는 저런 여자들처럼 유난을 떨지 않았다. 그저 길 한 편에 다소곳이 서 있을 뿐이었다. 그런 누나에게 손님이 들 리가 없었다. 그렇기 때문에 포주 할머니는 누나를 보면 성화를 부리곤 하였다.

길 양 옆으로 줄지어 서 있는 업소 진열대의 붉은 불빛과 진한 화장을 한 여자들의 갖가지 포즈, 그중에는 의자에 앉아 다리를 걸치고 담배를 피우는 여자도 있었다. 한쪽이 길게 터진 드레스를 입어 '그 속으로 하얀 속살을 드러내고, 가슴이 깊게 패인 옷을 입은 여자들'

종수는 그런 여자들을 보면 어떤 때에는 사타구니가 뻐근할 때도 있었다. 그러니 어른들은 그런 유혹을 쉽게 떨쳐 버리기가 어려울 것이었다. 그런데다 이런 데 있는 여자들은 나이도 이십 대 초반이고 키도 몸매도 쭉쭉빵빵이었다.

"이 새끼야, 싫으면 그만이지 어딜 만져! 별 거지같은 새 끼가 그래도 사내자식이라고 그 생각은 있는 모양이지."

한 여자가 손님인 남자에게 욕을 해댔다. 남자는 술에 취해 몸을 제대로 가누지도 못하면서 여자를 때리려고 손을 치켜들었다.

"아니, 이년이 이디디 대고 욕이야? 너 한번 죽어 볼래?"

"이 자식 아주 웃기는 놈이네. 그래 새끼야, 니 손에 한번 죽어보자. 죽여라, 죽여!"

여자가 남자의 턱밑으로 머리를 쑥쑥 디밀었다. 그러자 남자는 뒤로 주춤주춤 밀려났다.

"배짱 있으면 한번 죽여보라니까. 그렇지 않아도 살기 싫었는데 아주 잘 되었다."

여자가 집요하게 남자에게 달려들며 악다구니를 퍼부었다.

"아니, 정말 이년이 죽고 싶어 환장을 했나. 확 그냥 이것을!"

남자가 눈을 부라리며 손을 들어 때리는 시늉을 했다. 하지만 정작 때리지는 못하였다.

"야, 야, 조용히 이쯤에서 꺼져라! 돈 한 푼 없는 자식이 어디 와서 행패야, 행패가. 정 하고 싶으면 니 마누라하고나 해라. 이 자식아!"

여자가 한심하다는 표정으로 남자를 향해 욕설을 퍼부었다.

"아니, 저년이 그래도 계속 욕질이네."

남자가 지지 않고 계속 길거리에 서서 게거품을 물었다.

"형씨, 술이 취한 모양인데 그만 집에 가시는 것이 좋겠수."

어디서 나타났는지 덩치가 산만한 남자 두 명이 술 취한 남자의 양팔을 움켜쥐었다. 그러자 술 취한 남자는 갑자기 나타난 덩치를 보고 당황해 하는 기색을 보이며

"당신들은 누구야? 뭔데 그래?"

하며 눈을 치뜨고 두 덩치를 쳐다보았다.

"형씨, 여긴 형씨가 있을 데가 아니야. 조용히 이쯤에서 가시는 것이 형씨 몸에 이로울 거요."

그러면서 덩치가 술 취한 남자의 어디를 어떻게 했는지, 술 취한 남자가 입을 크게 벌리며 고통스러운 표정을 지었다.

"아…… 이거 안 놔!"

술 취한 남자가 고통스런 표정으로 소리를 질렀다. 두 덩치는 그래도 눈 한 번 까딱하지 않고 술 취한 남자의 팔을 잡아끌고 골목길을 벗어났다.

이곳에서는 크고 작은 시비가 늘 일어나고 싸움질도 빈번했다. 그래서 여기 있는 사람들은 싸움이 일어나도 으레 그러려니 하며 대수롭지 않게 생각하였다. 그렇지만 싸움이 일어나면 영업에 지장이 있고 경찰이라도 오면 귀찮아지니까 나름대로 처리하는 방법이 있었다.

바로 이곳의 질서와 여자들을 감시하는 일을 덩치들에게 맡긴 것이다. 덩치들은 이런 일 외에도 이곳에서 일어나는 자질구레한 일들을 처리하였다. 이곳에서 일어나는 일들은 주로 손님으로 오는 남자들이 일으키는 문제가 대부분이었다. 화대를 안 준다든가 술 마시고 행패를 부리는 경우였다. 이럴 때 덩치들이 나타나 일을 처리하였다.

문제를 일으키는 남자들은 상대가 여자라 만만히 보고 큰소리를 치고 만용을 부렸다. 그러나 어느 순간에 산만한 덩치가 나타나면 당장 주눅이 들어 꼬리를 내렸다. 개중에 객기를 부리는 사람도 있었다. 그러나 그런 사람도 오래가지 않고 곧 수그러들었다. 덩치를 상대할 만한 배짱과 힘이 없었기 때문이었다. 정 말을 안 듣고 말썽을 부리는 자가 있으면 덩치들은 그때서야 폭력을 썼다. 그렇기 때문에 웬만한 배짱이 없으면 만용을 부릴 수가 없었다. 그러나 여간해서 폭력을 쓰는 경우는 생기지 않았다. 문제를 일으킨 남자가 지레 기가 죽어 고분고분해지기 때문이었다. 이처럼 이곳의 포주들과 덩치들은 서로의 필요에 의해 공생 관계를 유지하였다.

"누나, 누나, 혜련이 누나!"

종수가 누나를 발견하고 반갑게 불렀다. 누나는 같은 일을 하는 여자와 이야기를 나누고 있다가 자기를 부르는 소리에 고개를 돌렸다.

"이니, 종수야. 네가 어쩐 일이니?"

"누나 보고 싶어서 왔어."

누나 가까이 다가와서 종수가 말했다. 누나는 종수를 반갑게 맞아주었다. 그러나 자리가 자리이니만큼 곤란한 표정을 지었다. 같이 이야기하고 있던 여자도 궁금해 하는 표정으로 두 사람을 번갈아 보았다.

"종수야, 그래도 이런 델 오면 어떡해? 여기가 어디라고 네가 와? 우리 저리로 좀 가자."

그러면서 누나는 종수의 손을 잡고 사람들이 안 보이는

골목으로 종수를 이끌었다.

"누나, 나 누나 얼굴만 잠깐 보고 갈 거야."

누나 손에 끌려가면서 종수가 말했다.

"알았어. 우리 저기 가서 이야기하자."

골목의 전봇대 옆에 와서 걸음을 멈춘 누나가 누가 있나 이리저리 살피며 말했다.

"누나, 아무도 없어."

"그래, 그렇구나. 종수야, 그동안 어떻게 지냈니? 어디 아픈 데는 없었구?"

누나가 그제서야 종수의 얼굴을 살피며 물었다.

"나 아픈 데 하나도 없어. 나보다도 누나는 어땠어? 어디 아프지 않았어?"

이번에는 종수가 누나의 건강을 물었다.

"그래, 난 괜찮아. 종수야, 밥도 잘 먹고 일도 열심히 하고 있지? 혹시 형들이 너 괴롭히지 않니?"

"응, 안 괴롭혀."

"한참 만에 보는구나, 우리 종수를. 그동안 키가 많이 큰 것 같은데……."

"헤헤, 정말? 누나, 나 키가 아주 컸으면 좋겠어."

"그러려면 밥도 잘 먹고 운동도 열심히 해야지. 참 운동은 따로 안 해도 되겠구나. 너 하루에도 꽤 많이 걷고 계단도 오르내리니까 말이야."

종수가 하는 일을 생각하고 누나가 미소를 지으며 말했다.

"그럼, 누나. 나만큼 운동을 많이 하는 애들도 없을 거야. 나 얼마나 많이 걷고 뛰어다니는데. 그래서 저녁에 집에 들어가면 피곤해서 밥만 먹었다 하면 잠이 쏟아져."

"그래, 그러겠지. 잘 먹어야 하는데……."

누나는 종수가 가엾다는 듯 측은한 표정으로 돌아보았다.

"누나, 걱정 마. 나 밥도 얼마나 많이 먹는다고. 형들이 나 밥 많이 먹는다고 만날 밥 먹을 때마다 니 배에는 거지가 들었냐고 놀리데."

"호호호."

누나가 손으로 입을 가리며 웃었다.

"어, 독사 형이다! 누나, 저기 우리 왕초 독사 형이 온다."

종수가 길 한쪽을 가리키며 누나에게 말했다.

때마침 독사 형이 길 저쪽에서 종수가 있는 방향으로 걸어왔다.

"종수야, 저 사람이 니네 왕초 독사라는 사람이니?"

누나가 종수가 가리키는 쪽을 바라보며 물었다.

"응, 누나. 우리 왕초 형이야. 누나도 우리 형 이름 들어보았지? 얼마나 의리도 있고 주먹도 세다고. 아마 여기에서 우리 형 이기는 사람 없을 걸. 여기 덩치들도 덩치만 컸지 우리 형하고는 상대도 안 될 거야."

종수가 독사 형 자랑을 했다. 그때 독사 형이 종수와 누나 가까이 다가왔다.

"누나, 잠깐만."

종수가 누나에게 양해를 구하고 독사 형에게로 달려갔다.

"형, 형!"

종수가 부르는 소리에 독사 형이 힐끗 종수를 바라보았다.

"어? 종수, 니가 여긴 웬일이냐?"

걸음을 멈춘 독사 형이 종수를 보고 웬일이냐는 표정으로 물었다. 종수는 얼른 독사 형 앞으로 달려가 허리를 꾸벅 숙여 인사를 했다.

"형, 여기서 일하는 누나를 만나려고 왔어요. 집에 있는 형들한테는 말하고요."

"그런데 밤에 여길 어린 게 뭐 하러 오냐?"

독사 형이 종수를 바라보고 물었다. 두 사람이 이야기를 주고받는 동안 누나는 전봇대 뒤에 몸을 숨기고 두 사람이 나누는 이야기를 가만히 듣고 있었다.

"형, 여기 우리 누나가 있어요. 형도 한 번 보세요."

"누나? 누나가 너한테 있었어? 그리고 누나라는 사람이 여긴 왜 있어, 인마?"

무슨 말을 하는지 모르겠다는 듯 독사가 주위를 두리번거렸다.

"누나, 혜련이 누나!"

종수가 누나를 불렀다. 종수가 불러도 누나는 전봇대 뒤에서 선뜻 나오지를 않았다.

"누나, 이리 와. 여기 우리 형이 왔어."

그러면서 종수는 누나에게 다가가 누나의 손을 잡고 독사 형이 있는 곳으로 데려왔다. 독사 형은 종수의 손에 이끌려 나오는 낯선 여자를 보고 호기심이 나는지 유심히 바라보았다.

"형, 여기 있는 누난데요. 혜련이 누나라고 해요. 저한테 얼마나 잘해주는 누나인지 몰라요. 누나, 여기 있는 형이 우리 왕초 아니 우리 큰형이에요."

종수가 어설프나마 독사 형에게 누나를 소개했다. 두 사람은 뜻밖에 엉뚱한 장소에서 소개를 받자 어색한 듯 머뭇거렸다.

"아참, 자식이 쑥스럽게……. 저 독사 아니, 최평우라고 합니다. 처음 뵙겠습니다."

독사 형이 쑥스러운 표정을 지으며 엉거주춤 고개를 숙이며 인사를 하였다. 그러자 수줍어서 내내 머리를 숙이고 있던 누나가 마지못해 얼굴에 미소를 지으며 마주 인사를 하였다.

"안녕하세요? 처음 뵙겠습니다."

"예, 반갑습니다. 우리 종수에게 잘해주신다니 고맙습니다."

독사 형이 깍듯이 인사를 했다.

"별 말씀을 다하세요. 종수 같은 동생이 생겨 제가 더 고맙지요."

"아, 예……. 저 그럼 오늘은 이만……. 종수야, 늦지 않게 집에 들어가."

고개를 숙여 누나에게 인사를 하고 독사 형은 성급하게 자리를 떴다.

혜련이 누나를 만난 지 며칠이 지났다. 저녁이었다. 어김없이 독사 형이 집으로 왔다. 집에 온 독사 형은 다른 날과 같이 일을 처리하고 나가면서 종수를 밖으로 불렀다. 종수는 독사 형을 따라 밖으로 나왔다.

독사 형은 집을 나와 길가에 있는 빵집으로 종수를 데리고 들어갔다. 전에 없는 일이었다. 빵집에는 먹음직한 찐빵과 만두가 큰 쟁반에 수북이 쌓여 있었다. 보기만 해도 꿀꺽침이 넘어갔다.

"종수야, 너 먹고 싶은 거 마음껏 시켜."

독사 형이 얼굴에 웃음을 지으며 말했다.

"형, 정말이에요?"

종수가 입이 함지박만 해져 가지고 물었다.

"그래, 인마. 마음껏 시켜서 배 터지게 한번 먹어봐."

계속 싱글싱글 웃으며 독사 형이 말했다.

"형, 고맙습니다!"

인사를 하고 종수는 빵과 만두가 있는 곳으로 가서 쟁반에다 주섬주섬 빵과 만두를 담았다. 잠시 후 빵과 만두를 담은 쟁반을 가지고 자리에 돌아왔다. 종수가 들고 온 쟁반을 보고 독사 형이 입을 쩍 벌렸다.

"너 이거 다 먹을 수 있어?"

놀란 입을 다물지 못하고 독사 형이 빵과 만두가 담긴 쟁반을 내려다보았다. 종수는 먹을 것을 앞에 두고 얼굴 가득 만족한 표정을 지었다. 그는 느긋하게 빵이 담긴 쟁반을 바라보며 독사 형의 물음에 얼른 대답했다.

"형, 이거 나 다 먹을 수 있어요. 걱정 마세요. 그리고 먹다 남으면 싸 가지고 가면 되잖아요."

종수가 누나를 떠올리며 대답했다.

"자식, 먹을 거를 보니 기분이 좋은 모양이구나. 그래, 너 오늘 배가 터지게 먹어라. 근데 종수야."

독사 형이 정색을 하며 종수를 불렀다.

"예."

종수가 어느새 찐빵 하나를 입에 쑤셔 넣으며 대답했다.

"인마, 좀 천천히 먹어라. 누가 안 뺏어 먹는다."

"예, 큭큭……."

목이 메인 종수는 물을 따라 마셨다.

"너 지난번에 나한테 인사시킨 혜…… 누구라고 했더라?"

독사 형이 고개를 갸웃하며 이름을 기억하려고 하였다.

"혜련이 누나요?"

"그래, 혜련이. 그 아가씨 너 어떻게 알았냐?"

그러면서 독사 형은 누나에 대해 꼬치꼬치 캐물었다. 종수는 누나에 대해 아는 것을 자세하게 형에게 알려 주었다. 누나를 처음 만나게 된 것부터 누나가 자기에게 어떻게 해줬고 무슨 일을 하며 지금 어떻게 지내는 것까지 미주알고주알 하나에서 열까지 다 말했다.

"형, 누나 있잖아요. 마음도 착하고 얼마나 좋은지 몰라요. 그런데 그런 누나가 어떻게 해서 이런 데서 일하는지 모르겠어요. 이런 데시 일하지 않았으면 좋겠는데……."

종수가 좀 전과 달리 시무룩하게 말했다.

"음……."

독사 형은 종수의 말을 다 듣고 가타부타 아무 말도 안 하고 신음소리를 내었다. 종수는 그런 독사 형의 눈치를 힐끗 살피며 말했다.

"형, 우리 혜련이 누나 예쁘죠? 난 혜련이 누나가 세상에서 제일 예뻐요."

"자식……."

독사 형이 그런 종수의 머리를 손바닥으로 쓰다듬었다.

독사 형과 헤어져 돌아오는 길에 종수는 남은 빵을 싸들고 누나를 찾아갔다. 누나가 영업을 하는 밤에는 될 수 있으면 안 가는 것이 좋았으나 오늘은 안 갈 수가 없었다. 물론 빵을 누나에게 주고 싶은 마음이 있어 그런 거지만, 더 중요한 것은 왕초 독사 형이 누나에게 관심을 가지고 있다는 것을 알려주고 싶어서였다.

분명 독사 형은 자기에게 내색은 안 했지만 누나에게 마음을 두고 있는 것이 분명했다. 그러니까 종수를 불러내 빵을 사주면서 누나에 대해 이것저것 물은 것일 것이다. 그건 다시 말해 독사 형이 누나에게 관심을 가지고 있다는 증거였다.

독사 형이 누나를 좋아한다! 이 사실은 종수에게도 새로운 사실이고 놀라운 일이었다. 며칠 전 한 번 만났을 뿐인데 독사 형이 누나를 좋아하는 마음이 생기다니. 바로 이런 것을 두고 필이 꽂혔니고 히는가 보았다.

종수는 독사 형이 누나를 좋아하는 것이 정말 반갑고 기뻤다. 독사 형이 누나를 좋아하면 아니 사랑하게 되면 누나를 도와줄 것이고, 그러면 누나는 이런 데서 일을 안 해도 될지도 몰랐다.

사실 종수는 누나가 이런 데서 일하는 것을 이해하지 못했다. 여기에서 하는 일이 어떤 일이란 것을 잘 알기 때문이었다. 누나처럼 예쁘고 마음씨 착하고 똑똑한 누나가 이런 데서 일을 하리라고는 꿈에도 생각을 못했다. 그렇지만 사람은 저마다 말 못할 사연이 있으니 누나 역시 사연이 있어 여기까지 왔을 거라 짐작했다.

종수는 누나가 하루속히 이곳을 벗어났으면 좋겠다고 생각했다. 그런 누나를 형이 좋아한다면 당연히 이곳에서 벗어나게 해줄 것이다. 왜냐하면 독사 형도 이곳이 어떤 곳인지를 누구보다도 잘 알고 있기 때문이었다.

혜련이 누나 때문에 이곳을 드나들었지만, 이곳에서 일하는 누나들은 종수를 보면 동생처럼 대해 주었다. 물론 짓궂은 장난을 치는 누나들도 있었지만, 정도 많고 눈물도 많은 누나들이었다.

여전히 사창가 골목에는 밤을 맞이하여 불을 밝힌 업소들이 불야성을 이루었다. 그리고 밤의 꽃이라고 하는 여자들이 진한 화장을 하고 밖에 나와 있었다. 여자들은 최대한 남자들의 눈을 끌기 위해 몸이 비치는 옷을 입고 거리에 나와 지나가는 남자들을 상대로 호객 행위를 하였다.

"오빠, 놀다 가세요."

"어머, 자기 멋져! 오늘 밤 자기한테 죽고 싶어."

여자들은 지나는 남자들의 팔을 붙잡고 노골적이고 듣기 민망한 말을 하며 유혹을 하였다. 종수는 걸음을 재촉하여 혜련이 누나가 있는 곳으로 서둘러 걸어갔다.

사금쟁이 석길이 형이 따로 방을 얻어 나갔다. 독사 형이 석길이 형을 위하여 따로 방을 얻어준 것이다. 현재 거처하고 있는 방은 사실 다섯 명이 살기에는 너무 비좁았다. 비좁은 것도 해소할 겸해서 방을 얻었지만 독사 형의 생각은 다른 데에 있었다.

석길이 형은 식구들 중에 나이가 제일 많았다. 그리고 비록 말은 못하지만 석길이 형은 제 앞가림은 할 줄 알았다. 그리고 자립을 할 때도 되었다. 언제까지 독사 형 밑에서 동생들과 생활을 할 수는 없었다.

석길이 형은 오랜 세월 독사 형과 함께 지냈다. 그래서 독사 형은 왕초 이전에 석길이 형을 친형제 대하듯 하였다. 그런데다 석길이 형이 장애를 가지고 있어 독사 형이 사실 석길이 형의 보호자 노릇을 해왔다.

독사 형은 매달 석길이 형이 사금쟁이를 해서 벌은 돈의 일부를 석길이 형을 위해 저축해 두었다. 자립할 때에 쓰기 위해서였다. 이제 때가 되어 독사 형이 방을 얻어주었고, 석길이 형은 자립의 길을 여는 첫 발걸음을 떼기 시작한 것이다.

곧 석길이 형의 일터도 마련해 줄 것이다. 석길이 형의 기술을 살릴 수 있는 구두 수선집을 말이다. 구두 병원. 그곳이 석길이 형의 일터 겸 자립 터전이 될 것이었다. 그리고 독사 형은 석길이 형에게 짝을 맺어주려고도 하였다. 석길이 형과 같은 장애를 가진 여자 중에 한 사람을 골라 결혼까지 시켜

주려고 하는 것이었다.

　석길이 형의 이사에는 우리 식구 모두가 거들었다. 진즉 방의 도배는 끝냈고 간단한 세간도 장만하여 들여놓았다. 이삿짐을 들고 온 개남이가 방을 둘러보며 감탄을 하였다.

　"와, 방 좋다! 석길이 형은 좋겠다."

　"어디 보자. 정말 신혼방이 따로 없군. 석길이 형, 이제 신부만 들여오면 되겠수."

　성길이 형이 석길이 형을 보고 놀리듯이 말했다.

　석길이 형은 성길이 형의 말에 멋쩍은 웃음을 지었다.

　"형, 나 여기 자주 놀러 와도 되지?"

　종수가 부러운 눈으로 방을 둘러보며 물었다.

　"놀러는 내가 와야지 네가 와, 자식아."

　개남이가 종수의 말에 핀잔을 주었다.

　"형도 오고 나도 오면 되잖아."

　"넌 쨔샤, 집에서 형들 심부름도 하고 청소도 하고 빨래해야지 여기 놀러올 시간이 어디 있어?"

　"청소나 빨래는 형도 해야지 나만 하란 말이야?"

　종수가 개남이의 말에 볼멘소리를 했다.

　"이 자식이. 이게 어디서 말대꾸야? 이게 요새 매를 안 맞으니까 기어오른다니까."

3. 밤에 피어나는 꽃　67

개남이가 대수롭잖은 것을 가지고 종수를 노려보며 을러대었다.

"야, 야, 너희 두 놈들은 만나기만 하면 서로 으르렁대며 싸움이냐, 싸움이."

성길이 형이 종수와 개남이를 나무랐다.

"아, 이 자식이 까불잖아요."

"잔소리 말고 빨리 저 짐들이나 방으로 옮겨."

"에, 일있어요."

개남이가 뒷머리를 긁적이며 멋쩍은 얼굴을 하였다. 종수도 얼른 이삿짐을 들고 안으로 들어갔다. 이삿짐을 다 나르고 어느 정도 짐 정리를 하였을 때 독사 형이 나타났다. 독사 형은 성냥을 사들고 왔다.

"석길이 형이 이사도 오고 했으니 불같이 살림이 일어나라고 성냥을 사왔다. 그리고 너희들 오늘 이삿짐 나르느라고 수고했다. 그래서 오늘 저녁은 중국집에 시켜서 먹도록 하자."

독사 형이 식구들을 둘러보고 말했다. 그러자 개남이의 입이 함지박만 해졌다.

"형님, 오늘 뭐든지 시켜 먹어도 되는 거죠?"

"저 자식은 먹는 거라면 사족을 못 쓴다니까."

문수 형이 그런 개남이에게 핀잔을 주었다.

"아 형, 너무 그러지 말아요. 다 먹자고 하는 일인데."

개남이가 문수 형에게 몸을 건들거리며 히죽 웃으며 대꾸했다.

"어유, 저 새끼. 저거!"

개남이의 말과 하는 짓에 문수 형이 어이없어했다.

"야, 야, 큰놈이나 작은놈이나 똑같다, 똑같아."

독사 형이 두 사람에게 점잖게 한마디 했다.

"너 이 새끼, 이따 집에 가서 보자."

문수 형이 개남이를 노려보며 말했다.

"아, 참내."

개남이가 뒤통수를 긁적거리며 난처한 표정을 지었다.

"야, 종수야. 넌 뭐 먹을래?"

성길이 형이 종수에게 물었다.

"자장면이요. 곱빼기로요."

"자식, 그래 실컷 먹어라."

"개남이 넌?

"전…… 짬뽕이요."

"야, 배갈도 한 두어 병 시켜라."

문수 형이 술을 시키라고 했다. 잠시 후, 시킨 음식이 배달

되어 왔다. 자장면, 짬뽕, 탕수육, 군만두, 배갈이었다. 신문지를 방바닥에 깔고 한바탕 음식 잔치를 벌였다. 식구들은 음식을 보자 게걸스럽게 먹기 시작했다. 다들 한창 먹을 나이였다. 종수도 입 주변을 온통 자장으로 묻히면서 볼이 터지게 자장면을 먹었다. 먹는 틈틈이 탕수육, 만두도 집어 입에 넣었다. 하나라도 더 먹으려고 정신들이 없었다.

독사 형은 이런 모습을 말없이 지켜보았다. 한바탕 욕심껏 음식을 먹고 난 식구들은 배가 불러 다들 식식거렸다. 식구들이 집으로 돌아가려고 할 때였다. 석길이 형이 가방을 뒤적거리더니 목각상을 꺼내었다. 그러더니 그걸 한 사람 한 사람에게 나눠주었다. 석길이 형이 직접 조각칼로 만든, 머리에 수건을 쓰고 치마저고리를 입은 엄마상이었다.

"워버버버……."

석길이 형이 종수에게 엄마상을 주면서 뭐라고 말을 하였다. 종수는 석길이 형이 무슨 말을 하는지 알 수가 없었다. 사람이 말을 못해 그 사람이 전달하려는 뜻을 모르는 것처럼 답답한 것도 없었다. 그런데 석길이 형은 그런 세월을 지금까지 살아왔고 앞으로도 그렇게 살아야 한다. 그런 석길이 형이 불쌍했다.

"형, 고맙습니다. 잘 간직할게요."

종수는 목각상을 받아 이리저리 살피며 고맙다는 인사를 했다. 석길이 형이 일을 끝내고 밤마다 깎은 것이었다. 석길이 형은 무슨 생각으로 밤마다 엄마상을 조각하였을까. 기억에도 없는 엄마를 생각하며 조각한 것은 아닐까.

  송수는 목각상을 받아들며 자기를 두고 아르헨티나로 떠나 소식이 없는 엄마를 떠올렸다. 보고 싶기도 하고 미운 생각도 드는 엄마였다. 처음 얼마 동안 얼마나 엄마가 보고 싶었던가. 무슨 일을 해도 무슨 일이 생겨도 엄마가 떠올랐다. 그러나 엄마는 종수의 곁에 없었다. 필요할 때에 없는 엄마. 자기를 두고 멀리 천 리 만 리 떠나간 엄마는 더 이상 엄마가 아니었다. 몸이 멀어지면 마음도 멀어진다고 오랫동안 보지 않아서인지, 요즘에는 엄마가 보고 싶은 마음이 안 들었다. 그러나 그렇다 하더라도 마음 한편에 자리한 엄마의 자리는 어느 것으로도 메울 수가 없었다.

  석길이 형은 이런 사실을 알고 엄마를 보듯 보라고 목각상을 준 것일까. 아마 그런 것인지도 몰랐다.

## 4. 거친 사람들 속에서

　여간해서 아프지 않던 종수가 심하게 앓아누웠다. 몸살감기였다. 아파도 아프단 말 한번 제대로 하지 않던 종수였다. 그래서 병을 더 키웠다. 열이 펄펄 나고 콧물감기에 걸려 도저히 일을 할 수가 없었다.

　종수는 방 안에 누워 있었다. 성길이 형이 나을 때까지 일하지 말고 누워 있으라고 했다. 약을 먹었으나 낫지를 않았다. 아프지 않던 몸이라 한번 아파 누우니 호되게 앓았다. 종수가 하던 몫을 개남이가 혼자 다 하여야 했다. 개남이는 저녁에 들어오면 종수를 보고 불만에 차서 툴툴거렸다. 그래서 성길이 형이나 문수 형으로부터 꾸지람을 듣거나 머리통을 쥐어박히기도 했다.

거친 남자들 속에서 살고 있는 종수라 아프다고 해도 누가 살갑게 간호해 주는 사람도 없었다. 약을 사주고 누워 있으라는 것이 전부였다. 엄마가 있었다면 종수의 곁에서 따듯하게 간호를 해주고 때에 맞춰 약을 먹이고 먹을 것을 준비해 주었으리라.

종수는 아파서 누워 있으니 생각나지 않던 엄마가 보고 싶었다. 그러자 자기도 모르게 눈물이 나왔다.

"종수야, 종수 있니?"

누가 방문을 살짝 두드리며 종수를 불렀다. 종수는 얼른 일어나 방문을 열었다.

"아니, 누나!"

종수는 깜짝 놀랐다. 혜련이 누나가 방문 밖에 서서 종수를 보고 활짝 웃고 있었다. 종수는 반갑기도 하고 놀랍기도 해서 입을 벌리고 말을 못하였다. 뜻밖에도 누나가 집을 어떻게 알고 찾아왔는지 방문 밖에서 웃고 있었던 것이다.

"누나, 누나가 어떻게 집을 알고 찾아왔어?"

"다 아는 수가 있지. 그런데 종수야, 어디가 아픈 거야? 종수처럼 건강하고 씩씩한 애가 아플 때도 다 있네."

누나가 과일 봉지를 방으로 들여놓으며 말했다.

"누나, 들어와. 근데 방이 지저분해서 어떻게 하지?"

종수가 자리에서 일어나 이불을 거둬 한쪽으로 밀어놓으며 말했다.

"괜찮아. 그런 건 걱정 안 해도 되니까 넌 좀 누워 있어. 내가 과일 좀 씻어서 들어갈게."

"누나, 나 이제 안 아파. 빨리 들어와."

"알았다니까. 잠시만 있어. 아픈 사람은 뭐든 잘 먹어야 빨리 낫는단 말이야."

그러면서 누나는 과일이 든 봉지를 들고 부엌으로 갔다.

잠시 후 누나는 과일을 씻어 그릇에 담아 들어왔다.

"종수야, 밥은 제대로 먹었니? 약도 때맞춰 먹구?"

과일을 깎으며 누나가 종수를 보고 물었다.

"응, 밥도 잘 먹고 약도 먹었어. 이제 나 다 나았어."

"그래, 어디가 어떻게 아픈 거야?"

"몸살인가 봐. 막 머리가 아프고 열이 나고 콧물도 나오고 기침도 했어."

"어이구 저런, 많이 아팠구나."

누나가 측은한 눈으로 종수를 바라보며 말했다.

"근데 지금은 괜찮아. 다 나았어."

종수가 얼굴에 웃음을 지으며 일부러 씩씩하게 대답했다.

"그럼, 다 나아야지. 종수야, 사과 먹어."

누나가 포크에 사과를 찍어 종수에게 내밀었다.

"응, 누나도 먹어."

종수가 사과를 받으며 말했다.

"그래, 우리 같이 먹자."

두 사람은 도란도란 말을 하면서 사과를 먹었다.

"이 방에서 몇 명이나 사니?"

누나가 방을 빙 둘러보며 물었다.

"응, 나하고 성길이 형, 문수 형, 개남이 형 이렇게 네 명이 살아."

손가락을 꼽아가며 종수가 대답했다.

"방이 커서 자는 데 불편하지는 않겠지만 그래도 네 사람이 한 방에서 생활하려면 불편하겠다……."

다시 한 번 방을 둘러보며 누나가 말했다.

"누나, 불편한 것은 별로 없는데 한 가지 아주 고약한 것이 있어."

종수가 샐샐 웃으며 말했다.

"그게 뭔데?"

"헤헤…… 뭐냐면 성길이 형이 코고는 거하고 개남이 형이 자면서 이빨 가는 거야."

"그래, 하하하. 그거 정말 곤혹스럽겠구나."

4. 거친 사람들 속에서

누나가 손으로 입을 가리며 웃었다.

"종수야, 내가 저기 옷 벗어 놓은 거하고 양말 빨 테니까 빨래할 거 있으면 다 내놔."

누나가 방구석에 아무렇게나 벗어 놓은 옷과 양말짝을 보고 말했다.

"누나, 괜찮아. 빨래 안 해도 돼."

종수가 양말짝을 얼른 뒤로 감추며 말했다.

"괜찮아. 내가 얼른 빨아 넣고 들어올 테니까 넌 누워 있어."

그러면서 누나는 일어나서 주섬주섬 옷가지를 주워들었다. 누나는 수돗가에 앉아 빨래를 하기 시작했다. 종수는 누워 있다가 누나가 빨래하는 곳으로 나갔다.

"누워 있으라니까 왜 나왔어?"

빨래에 비누칠을 하고 있던 누나가 종수를 올려다보며 말했다.

"누나, 나 다 나았다니까. 내가 누나 빨래하는 거 도와줄게."

"원 애두. 고집 부릴 걸 부리지. 그래, 그러면 내가 비누질해 비벼서 여기 놓을 테니까 헹궈."

"알았어. 내가 빨래를 얼마나 잘하는데."

"종수는 뭐든지 잘하는구나."

누나가 종수를 돌아보며 웃었다. 그러자 종수는 누나의 말에 쑥스러워 뒷머리를 긁적이며 얼굴을 붉혔다.

"내 빨래만 아니고 가끔 형들 빨래도 내가 해."

"그래? 네 옷 빨아 입기도 힘들 텐데 형들 옷까지 빤단 말이야?"

누나가 놀란 얼굴을 하였다.

"가끔. 형들이 시키면. 특히 개남이 형이 시키는데, 개남이 형은 아주 게을러서 빨래도 안 해 입고 목욕도 잘 안 해. 그래서 냄새가 많이 나. 발에서는 얼마나 냄새가 난다구."

얼굴을 찡그리고 코를 손으로 쥐어 잡는 시늉을 하며 종수가 말했다.

"자주 씻어야지. 더군다나 남자들만 사는 집이라 자주 씻지 않으면 냄새가 많이 나. 종수는 깨끗이 씻지?"

"그럼 누나, 난 날마다 씻어. 근데 누나, 이 많은 빨래하려면 힘들 텐데 어떡하지? 누나도 몸이 약해 골골하잖아."

종수는 누나가 걱정이 되어 말했다.

"나 걱정해 주는 사람은 우리 종수뿐이 없네."

누나가 종수를 돌아보며 하얀 이를 드러내며 웃었다. 두 사람은 다정하게 이야기를 하며 빨래를 했다. 그동안 제대로

4. 거친 사람들 속에서

빨지 않고 여기저기 쑤셔 박아 두었던 빨랫감들이 아주 많았다. 종수 옷은 물론 성길이 형, 문수 형, 개남이 옷. 특히 개남이의 더럽고 냄새나는 옷과 양말들이 아주 많았다.

"어, 종수야. 너 지금 뭐하냐?"

집 안으로 들어서던 독사 형이 걸음을 멈추며 물었다.

"어, 형!"

종수가 예고 없이 집 안으로 들어서는 독사 형을 보고 놀라서 소리쳤다.

"인마, 너 아프다는 놈이 뭐하고 있는 거야? 어, 저분은 또 누구시냐?"

독사 형이 종수와 함께 빨래를 하고 있는 누나를 보고 물었다.

"안녕하세요?"

누나가 이마로 흘러내린 머리칼을 쓸어 올리며 독사 형에게 인사를 했다.

"아, 예예. 아, 가만 있자. 언젠가 한 번 만났었지요? 종수하고 같이."

독사 형이 기억이 난다는 듯 말했다.

"종수가 아프다고 해서 문병 왔다가요……."

누나가 수줍은 듯 얼굴이 상기되어 말했다.

"형, 누나가 나한테 왔다가 빨래해 주고 간다고 해서 지금 둘이서 빨래를 하는 중이에요."

종수가 독사 형에게 말했다.

"그래? 종수야, 그런데 인마! 빨래를 문병 온 손님한테 하라고 하면 어떡해?"

독사 형이 핀잔하듯 말했다.

"형, 그게 아니에요. 내가 빨래하지 말라고 했는데 누나가 하는 거예요. 그치, 누나?"

종수가 동의를 구하듯 누나를 돌아보았다.

"종수 말이 맞아요. 빨래는 제가 하려고 했어요."

"아, 그래도 그렇지요."

독사 형이 누나의 말에 멋쩍어서 뒷머리를 긁적였다. 이럴 때의 독사 형의 모습은 청량리 일대를 주먹으로 주름잡는 형 같지가 않았다. 빨래를 끝내고 난 누나는 쉬지 않고 걸레를 빨아 방 안을 닦았다. 그러고는 부엌에 들어가 설거지와 부엌 청소까지 말끔하게 하였다. 독사 형은 나가지도 않고 주위를 서성거리며 누나가 하는 일을 힐끔힐끔 훔쳐보며 혼자 멋쩍은 표정을 지었다. 그러면서 하지 않아도 될 말을 종수에게 하였다.

"종수야, 거기 그렇게 서 있지 말고 혜련 씨 좀 도와드려."

"형, 나 지금 누나 일 도와주고 있잖아요."

종수가 몸을 건들거리며 히죽 웃으며 말했다.

"어, 그러냐? 저, 혜련 씨 힘든데 이제 그만하세요. 어유, 혜련 씨 손이 닿으니까 집 안이 환해졌습니다."

독사 형이 얼굴 가득 웃음을 지으며 누나를 바라보았다.

"뭘요. 이제 다 했어요."

누나가 이마에 맺힌 땀을 옷소매로 닦으며 대답했다. 한참 만에 빨래와 집안 청소를 다 마쳤다. 독사 형은 끝까지 남아 종수와 누나가 청소하는 것을 지켜보았다.

"아이구, 수고하셨습니다. 이거 사내들만 사는 집이라 지저분했는데 확 달라졌습니다. 오늘 수고하신 혜련 씨를 위해 제가 저녁을 대접하겠습니다."


구두닦이들에게 비 오는 날은 공치는 날이었다. 비 오는 날 구두를 닦는 사람은 없기 때문이었다. 그러나 비가 그치고 날이 개면 구두닦이들은 바빠졌다. 전날 비가 와서 지저분해진 구두를 닦는 사람들이 많기 때문이었다.

성길이 형은 볼일이 있어 외출을 하였다. 쉬는 날 식구들은 주로 낮잠을 자든가 방 안에서 뒹굴며 보냈다. 문수 형은 주간지를 뒤적거렸고 개남이는 대낮부터 코를 골며 낮잠을 잤다. 종수는 형들이 빌려온 만화책을 보았다.

"야, 정말 이 계집애 몸매 끝내준다."

문수 형이 주간지에 나오는 여자의 몸매를 보고 혼잣말처럼 중얼거렸다.

"이런 거 데리고 같이 놀면 정말 죽여주겠는데……."

문수 형은 종수가 있거나 말거나 주위에는 신경을 쓰지 않고 주간지를 보며 혼잣말을 지껄였다. 종수는 문수 형이 여자의 벌거벗은 몸매를 보고 저런다는 것을 알고 있지만 모르는 체했다.

"아으, 정말 꼴린다, 꼴려."

몸까지 비틀며 문수 형은 주간지에 머리를 틀어박고 계속 중얼거렸다.

"아, 졸려. 형, 뭐가 그렇게 끝내주는데?"

개남이 형이 부시시 일어나 입이 찢어지게 하품을 하며 물었다.

"인마, 넌 몰라도 돼. 자식, 이제 다 자빠져 잤냐?"

하품을 입이 찢어지게 하는 개남이를 힐끗 보며 문수 형이 퉁명스럽게 물었다.

"형, 뭔데 그래? 나도 좀 보자고요."

개남이가 엉덩이를 뭉기적거리며 문수 형 곁으로 다가갔

4. 거친 사람들 속에서

다.

"이 새끼가 그런데 머리에 피도 안 마른 놈이 뭘 보려고 다가와!"

문수 형이 이맛살을 찌푸리며 옆으로 다가오는 개남이를 발길질을 하여 밀어냈다.

"어, 형, 자꾸 그러지 말아요. 나도 어엿이 주민등록증이 나온 성인이라구요. 참내."

개남이가 아니꼽다는 듯이 볼멘소리를 내질렀다.

"어쭈, 놀고 있네. 이 새끼야, 주민등록증만 나오면 어른이냐? 이게 어따 대고 말대꾸야. 확, 저걸 그냥!"

문수 형이 개남이를 향해 인상을 쓰며 주먹을 을러대었다.

"아, 정말. 내가 뭘 잘못했다고 그래요."

개남이가 지지 않고 이맛살을 찌푸리며 볼멘소리를 했다.

"너 정말 이 새끼야, 대들래?"

문수 형이 보던 주간지를 내던지며 곧 때릴 듯이 소리를 쳤다.

"형, 알았어요. 아, 내 정말."

투덜대면서 개남이가 자리에서 벌떡 일어났다.

종수는 두 형의 말다툼을 말없이 지켜보았다. 형들은 아무엇도 아닌 사소한 일 가지고도 신경질을 내고 말다툼을 하고 싸움을 하였다. 그리고 말보다는 욕이 먼저 나오고 주먹이 먼저 나왔다.

종수는 이럴 때에는 죽은 듯 엎드려 있어야 했다. 괜히 중간에 잘못 끼어든다든가 참견을 했다가는 주먹질이나 발길질을 당했다. 그러니 함부로 나서지 말고 잠자코 있어야 했다. 그러나 제일 좋은 방법은 슬그머니 자리를 피해 있다가 다툼이 끝났을 때 살짝 들어오는 것이었다.

"저리 비켜, 새끼야!"

개남이가 나가면서 애꿎은 종수에게 발길질을 하였다. 종수는 가만히 있다가 느닷없는 개남이의 발길질에 옆구리를 채였다. 개남이는 화풀이를 종수에게 해댄 것이다.

"어이구!"

종수가 옆구리를 부여잡고 신음소리를 내었다. 갑작스럽게 옆구리를 채인 종수는 숨을 쉴 수가 없었다. 고통과 함께 숨이 막혔다.

"아이, 씨팔! 내 더러워서."

개남이가 욕설을 해대고 문을 거칠게 열고 밖으로 뛰쳐나갔다.

"야, 이 새끼야! 너 거기 안 서!"

4. 거친 사람들 속에서　83

문수 형이 자리에서 벌떡 일어나더니 개남이를 따라 나갔다. 그러나 개남이는 벌써 대문 밖으로 사라지고 없었다.

"종수야, 괜찮냐?"

씨근벌떡대며 방으로 들어온 문수 형이 종수를 내려다보며 물었다.

"…… 아, 아파요."

종수가 계속 옆구리를 부여잡고 얼굴을 찌푸리며 고통스러워했다.

"내 이 새끼 들어오면 가만 놔두나 봐라."

문수 형이 분을 삭이느라 계속 씨근대며 욕지거리를 내뱉었다.

"아……."

종수가 신음소리를 내었다.

"야, 어때? 괜찮아?"

종수가 신음소리를 내자 문수 형이 이마를 찡그리며 물었다.

"예, 꽤 괜찮아요."

종수가 눈물이 글썽한 눈으로 작은 소리로 대답했다.

처음 옆구리를 채였을 때에는 숨쉬기도 어려울 정도로 고통스러웠으나 시간이 지나자 조금 나아졌다. 종수는 가만히 호흡을 하였다. 아직까지 무지근하게 옆구리가 아팠으나 좀 살만했다. 종수는 무지막지하게 자기를 차고 나간 개남이가 원망스러웠다.

그러나 그런 생각은 잠깐이고 서글픈 생각이 들었다. 그러자 자기도 모르게 눈물이 나오려고 했다. 종수는 눈물을 보일 것 같아 어금니를 꽉 물었다. 어떤 일이 있더라도 함부로 눈물을 보이지 않으리라 다짐했던 종수였다.

문수 형은 자기 자리로 돌아가 다시 주간지를 집어 들었다. 종수는 밖으로 나왔다. 옆구리의 아픔은 가셨으나 마음의 아픔이 몰려왔다. 종수는 함부로 눈물을 보이지 않으리라는 다짐도 헛되게 자기도 모르게 눈물을 흘렸다.

부슬부슬 내리던 봄비는 저녁이 되자 그쳤다. 종수는 집을 나왔다. 집을 나온 종수는 딱히 어딜 갈 곳도 없이 발길 닿는 대로 걸었다. 마음 같아서는 혜련이 누나를 찾아가고 싶었으나 가면 안 되었다. 누나가 영업을 해야 하는 시간이었다.

지난번에도 영업이 한창인 시간에 가서 포주 할머니에게 욕설에 가까운 싫은 소리를 들어야 했다. 종수는 자기가 욕설을 듣는 것은 괜찮았지만 자기로 인해 누나가 곤란한 입장에 놓이는 것은 견딜 수가 없었다. 그래서 종수는 될 수 있으면 영업시간에는 누나를 만나러 가지 않았다.

종수는 큰길에 나서자 어디로 갈 것인가 잠시 망설였다. 잠시 망설이던 종수는 이윽고 마음을 정한 듯 위생병원이 있는 방향으로 발걸음을 옮겼다. 주택 담 위에 드리운 개나리 가지에는 아직 못다 진 개나리꽃이 달려 있었다. 꽃이 진 자리에는 파란 잎이 파릇파릇 나오고 있었다. 목련은 이번 비에 꽃잎이 거의 떨어져 길가에 후줄근하게 널려 있었다. 꽃잎을 사람들이 밟고 다녀 여간 지저분해 보이지가 않았다.

아름다운 꽃도 피어 있을 때가 아름답지 길바닥에 떨어져 사람들의 발길에 밟혀 이지러져 있으니 참혹했다. 종수는 꽃잎을 밟지 않기 위해 발걸음을 조심스럽게 떼며 그곳을 벗어났다. 밤바람이 살랑살랑 불어왔다. 그러자 조금 전에 집에서 당했던 괴롭고 고통스런 일들이 언제 있었느냐 싶게 기분이 좋아졌다.

종수는 밤바람에 얼굴을 맡기며 걸었다. 포근하고 아늑한 봄밤의 바람이 종수의 지치고 괴로운 마음을 위로해 주는 듯했다.

"야, 이 계집애야. 너 좋은 말 할 때 들어. 그러지 않으면 죽을 줄 알아."

그때였다. 욕설과 함께 협박하는 말이 들려왔다. 어둡고 후미진 골목에서였다. 무심코 길을 걷던 종수는 무슨 일인가 싶어 귀를 기울였다. 발소리를 죽여 소리가 나는 방향으로 발걸음을 살금살금 옮겼다.

"야, 이 계집애 그냥 끌고 가자."

"이걸 확 죽여!"

험악한 말소리가 계속 들려왔다. 가까이 다가간 종수는 전봇대 뒤로 몸을 숨겼다. 종수의 눈에 남자애들 서너 명이 여자애 한 명을 가운데 두고 서로 끌고 가려는 장면이 보였다. 여자애는 중학생이나 고등학생쯤으로 보였다. 여자애는 겁에 질려 안절부절못하였다. 그런 여자애를 남자애들이 어디로 끌고 가려고 하였고 여자애는 안 끌려가려고 버티고 있었다.

"살려 주세요! 저 집에 가야 돼요. 제발 절 살려 주세요."

여자애가 계속 손을 비비며 울면서 사정을 하였다.

"야, 이년아. 누가 널 죽인 댔어? 잠깐 우리가 시키는 대로만 하란 말이야. 그러면 순순히 보내줄 테니까. 그러지 않고 계속 이렇게 하다가는 너 정말 죽는다."

한 남자애가 여자애의 머리끄덩이를 우악스럽게 부여잡으며 험악하게 소리쳤다.

"야, 야, 좋은 말로 해서는 안 되니까 그냥 끌고 가자. 이러다 짭새들이나 꼰대들 만나면 골치 아프다."

귀에 익은 목소리였다. 해가 떨어져 어슴푸레 해서 정확하게 얼굴은 알아볼 수 없었으나 몸의 윤곽이나 목소리가 개남이었다. 집을 뛰쳐나온 개남이가 언제 저 애들과 어울려 나쁜 짓을 하는지 알 수가 없었다.

종수는 순간 어떻게 해야 할지 몰랐다. 주위는 사람들은커녕 개 한 마리 지나다니지 않았다. 못 본 체하고 그냥 지나간다면 저 여자애는 무슨 일을 당할지 몰랐다. 그렇다고 함부로 나설 수도 없었다. 종수는 속이 타고 이 생각 저 생각으로 어찌할 바를 몰랐다. 사람이라도 지나가면 도움을 청하련만 사람은 얼씬도 하지 않았다.

"아악!"

누가 어떻게 했는지 여자애의 비명소리가 들렸다.

"야, 빨리 가자!"

다급한 목소리가 들리고 남자애들이 여자애를 끌고 뛰어갔다. 종수는 자기도 모르게 전봇대 뒤에서 뛰어나왔다. 그러고는 남자애들을 향해 뛰어가며 개남이를 불렀다.

"개남이 형! 개남이 형!"

어둠 속에서 사람이 뛰어나와 개남이를 부르자 남자애들

이 뛰던 행동을 멈추었다.

"누구야?"

개남이가 뒤를 돌아보며 날카롭고 신경질적으로 물었다.

"형, 나야."

종수가 남자애들 가까이 다가가며 말했다.

"아니, 이 새끼가 여긴 어떻게 알고 왔지?"

자기 앞에 나타난 종수를 보고 개남이가 이맛살을 찌푸렸다.

"야, 이 새끼 누구냐?"

옆에 있던 남자애 한 명이 눈살을 찡그리며 개남이에게 물었다.

"정말 저 새끼가 끝까지 속 썩이네. 야, 이 새끼야! 니 여긴 어떻게 알고 왔어?"

개남이가 남자애의 물음에는 아랑곳 않고 종수를 노려보며 거칠게 물었다. 개남이의 태도는 여차하면 종수를 사정없이 때릴 듯 험악했다.

"……."

종수는 개남이의 물음에 선뜻 대답을 못하였다.

"야, 이 새끼야. 대답 못해! 여긴 어떻게 왔냐고?"

개남이가 종수에게 눈을 치뜨고 거칠게 물었다.

"그냥 걷다 보니까 여기까지 왔……."

"뭐야, 새끼야!"

말이 끝남과 동시에 개남이의 주먹이 종수의 머리통을 후려갈겼다.

"아야, 왜 때려?"

종수가 머리를 감싸 안으며 대들었다.

"아니, 이 새끼가. 어디서 대들어?"

개남이가 다시 주먹을 들어 때리려 하였다.

"야, 야, 여기서 꾸물거리지 말고 빨리 가사."

일행 중 한 남자애가 개남이 앞으로 나서며 말헸다. 그런 중에도 여자애는 남자애들 손에 잡혀 계속 앙탈을 부리며 우는 소리를 하고 있었다.

"너 이 새끼, 여기서 본 거 형들한테 말하면 넌 아주 죽을 줄 알아."

개남이가 종수에게 눈을 부라리며 협박을 하였다. 그러자 다른 남자애들도 종수에게 험악한 인상을 지었다.

"형, 이런 짓은 아주 나쁜 짓이야. 빨리 저 여자애를 놔줘. 그러면 형들한테 말 안 할 거야. 그렇지만 여자애를 끌고 가면 난 독사 형한테 이를 거야. 형뿐만 아니라 여기 있는 모든 형들 다 이를 거야."

종수가 겁도 없이 말했다. 종수는 자기가 이렇게라도 하지 않으면 남자애들이 여자애를 끌고 가 무슨 짓을 할지 모를 거라 생각했다. 어떻게 해서든 그 짓만은 막아야 한다는 생각이 들었다. 종수의 말에 남자애들의 표정이 일그러졌다. 특히 개남이는 분을 삭이느라 숨결이 거칠었다.

"너, 너, 정말. 아유, 이 새끼를 죽이지도 못하고······."

개남이가 주먹을 들어올려 때리려다가 차마 때리지는 못하고 주먹을 부들부들 떨었다.

"야, 안 되겠다. 정말 오늘 한 코 하려고 했더니 별게 다 방해를 하네."

"그래. 야, 저 계집애 놔주고 우리 그냥 가자."

남자애들은 종수가 독사 형에게 이른다고 하니까 다들 겁을 집어먹고 슬금슬금 꼬리를 내렸다.

"너 종수, 이 새끼. 내 오늘 참는다. 다음에 너 또 이러다가는 정말 국물도 없을 줄 알아?"

개남이도 어쩔 수 없다는 듯 한발 물러섰다. 그 사이에 남자애들이 여자애를 놓아주었다. 그러자 여자애는 흐느끼면서 오던 길을 돌아서 갔다.

## 5. 놀이공원으로 소풍가다

 바깥나들이가 많은 때라 구두 닦을 일도 덩달아 많아졌다. 봄에는 또한 결혼식이 많은 계절이다 보니 구두 수선일도 여느 때보다 많았다. 사금쟁이 석길이 형은 연신 찾아오는 구두 수선 손님의 구두창을 갈고 꿰매고 덧대고 하느라 정신이 없었다.

 딱쇠 성길이, 문수 형도 어깨를 들썩이며 구두에 솔질을 하고 광을 내느라 쉴 틈이 없었다. 찍쇠인 개남이와 종수 역시 닦을 구두를 수집해 오느라 사무실과 다방을 생쥐 풀 광주리 드나들 듯 뻔질나게 드나들었다.

 오전 한나절을 정신없이 자기가 맡은 일을 하고 나서 점심때였다. 점심은 주로 가까운 중국집에서 자장면을 시켜 먹었다.

"개남이, 너 인마. 먹는 거는 악착같이 남보다 더 먹으면서 구두는 종수보다 적게 수집해 오는데 농땡이 부리는 거 아냐?"

성길이 형이 자장면을 볼이 터지게 입으로 쑤셔 넣으며 개남이에게 한마디 했다.

"형, 농땡이를 누가 부린다고 그래요?"

"근데, 인마. 왜 너보다 어린 종수가 더 구두를 많이 가져오냐고?"

"아, 형. 사람마다 다 일하는 게 다르잖아요."

개남이가 입가에 묻은 자장을 손등으로 쓱 문지르며 대꾸했다.

"자식, 입은 찢어져서 말은 잘한다. 점심 먹고는 열심히 해. 너 봐서 이따가도 종수만큼 못하면 저녁 못 먹을 줄 알아?"

성길이 형이 자장면 그릇을 내려놓으며 협박조로 말했다. 순간 개남이는 이맛살을 찌푸리며 애꿎은 종수를 노려보았다. 가뜩이나 지난번 여자애 사건으로 개남이는 종수만 보면 못 잡아먹어서 으르렁거렸다. 그런데 일에 있어서도 사사건건 형들이 종수와 비교하여 싫은 소리를 하니 개남이는 심사가 편치 않았다. 그래서 개남이는 종수가 자기 눈에 조금만 거스르면 트집을 잡고 종수를 괴롭혔다.

종수는 개남이만 생각하면 괴로웠다. 그렇다고 형들에게 말을 할 수도 없었다. 말을 했다가는 개남이에게 더 괴롭힘을 당할 것이기 때문이다. 울적한 마음에 종수는 일이 손에 잡히지 않았다. 종수는 터덜터덜 성바오로병원 앞을 걸었다.

종수 앞쪽으로 한 떼의 학생들이 마주 걸어왔다. 그들은 중학생들이었다. 자기 나이 또래 밖에 안 된 아이들이었다. 종수는 그들을 보자 위축이 되었다. 그리고 그들이 부러웠다. 그들과 자기의 처지를 비교하자 속이 상하고 슬펐다. 남들은 부모님의 보살핌 아래 학교를 다니고 공부를 하는데 자신은 구두닦이 찍쇠 노릇을 하고 있다. 찍쇠 일의 고달픔보다는 상대적 박탈감이 더 종수를 괴롭혔다. 그런데다 같이 있는 개남이의 괴롭힘도 고통스러웠다.

오늘따라 이런 생각이 더 들었다. 될 수 있으면 종수는 아이들과 자기를 비교하지 않으려고 하였다. 오로지 형들이 시키는 대로 찍쇠 일을 열심히 하려고 하였다.

종수는 병원 뒷길로 접어들었다. 누나를 찾아가기 위해서였다. 누나를 보면 종수는 복잡하고 슬픈 마음이 사라졌다. 형들에게서 받은 상처도 씻어졌다. 이 세상에 종수 자신을 이해하고 위로해 주고 자기를 사랑해 주는 사람은 누나 밖에 없다는 생각이 들었다.

얼마 전에 만났을 때 누나도 종수에게 이런 말을 했었다.

"종수야, 이 누나는 우리 종수만 보면 위로가 된다. 그러니까 종수 너도 힘들고 괴롭고 할 때에는 이 누나를 생각해. 나도 힘들고 괴롭고 슬플 때에는 종수 너를 생각할 테니까."

이 말이 생생하게 종수의 머릿속에 기억되었다.

어제 저녁 술 취한 사람들이 토해 놓은 토사물과 각종 쓰레기들이 골목 이곳저곳에 지저분하게 넘쳐났다. 진즉 청소를 하여야 하는데 서로 미루느라 아직 청소가 되지 않은 골목은 지저분했다. 그래도 몇몇 집 앞은 치워져 있었고, 내놓은 화분 위에 봉숭아가 지리고 있있다.

종수는 누나가 거처하는 집 앞으로 다가가 문틈으로 안을 들여다보았다. 혹시나 집주인 할머니가 있는지 없는지 확인을 하기 위해서였다. 집 안은 조용했다. 그런데 가만 보니 수돗가에서 누나가 혼자 빨래를 하고 있었다. 누나는 부지런하기도 하고 깔끔하기도 해서 지저분한 것은 조금도 그냥 보고 있지 않았다. 그저 어디를 가나 쓸고 닦았다.

종수가 살그머니 문을 열어 머리를 디밀고 누나를 불렀다.

"누나."

종수의 부름에 누나가 고개를 돌렸다.

"어, 종수야."

누나가 반가운 얼굴로 종수를 맞이했다.

"들어와. 그런데 이 시간에 웬일이야? 이 시간엔 일하는 시간인데."

누나는 종수가 온 것이 반가웠지만 일하는 시간에 찾아온 종수가 궁금한 모양이었다.

"헤헤헤, 누나가 보고 싶어서 찾아왔어."

종수가 누나를 보고 너스레를 떨었다.

"애는 싱겁기는. 들어와. 종수야, 그런데 너 점심은 먹었어?"

누나가 웃으며 종수에게 물었다.

"응, 먹었어."

"점심은 주로 어디에서 먹니?"

"밖에서. 중국집에 시켜 먹어."

"그렇구나. 그럼 주로 자장면 먹겠구나?"

"응, 자장면도 처음 먹을 때에는 맛있더니 자주 먹으니까 물려."

"그럼, 맛있는 음식도 자주 먹으면 먹기 싫지. 그런데 한창 자라는 우리 종수한테 자장면 한 그릇은 너무 부족한데."

옷을 헹구며 누나가 말했다.

"그래서 곱빼기로 먹는데."

"양도 양이지만 영양을 생각해야지. 종수야, 누나 빨래 다 했으니까 나랑 나갈까?"

빨은 옷을 탁탁 털어서 빨랫줄에 널며 누나가 종수를 돌아보며 물었다.

"누나, 어디 갈 건데?"

종수는 누나가 어디를 가자고 하는지 궁금했다.

"응, 가보면 알아."

빨래를 다 널고 두 사람은 집을 나왔다.

누나가 종수를 데리고 간 곳은 신설동 학원 밀집 지역이었다. 그곳에는 여러 종류의 학원들이 모여 있었다. 주로 검정고시 학원이었다. 누나는 그중 한 곳으로 종수를 데리고 들어갔다.

"어, 누나. 여긴 무슨 일로 가는 거야?"

뜬금없이 학원으로 들어가는 누나를 보고 종수가 의아한 눈으로 물었다.

"여기가 무엇을 하는 덴지 종수 너도 알고 있지?"

종수를 돌아보며 누나가 물었다.

"공부하는 학원이잖아요."

종수가 심드렁하게 대꾸했다.

"그래, 맞아. 공부하는 곳이야. 종수야, 너도 공부하고 싶지 않아?"

누나가 종수를 돌아보고 물었다. 그러나 종수는 누나의 물음에 대답을 하지 못했다. 종수는 공부와 학교에 대해 생각해 본 적이 거의 없었다. 길거리에서 만나는 자기 또래의 아이들이 등하교하는 모습을 보면 간혹 부러워한 적은 있었지만 말이다.

누나는 강의실 여기저기를 종수에게 보여주었다. 강의실에는 많은 사람들이 강의를 듣고 있었다. 남자도 있었고 여자도 있었다. 나이층도 다양했다. 나이든 사람, 젊은 사람, 어린 사람들이 모여서 강사의 설명에 귀를 기울이고 있었다.

학원을 나온 누나는 종수를 데리고 다방으로 들어갔다. 종수는 닦을 구두를 수집하러 다방은 드나들었으나 손님으로 다방을 들어간 건 처음이어서 조금 서먹했다.

"종수야, 너 음료수 마셔. 오렌지 주스 마실래?"

누나가 주문표를 보고 종수에게 물었다.

"아무거나 마실래요."

"그래, 그럼. 여기 커피 한 잔하고 주스 한 잔 주세요."

누나가 레지 누나에게 주문을 하였다. 레지 누나는 껌을 짝짝 씹으며 종수와 누나를 호기심 어린 눈으로 훑어보다가 주문을 받고 주문표를 들고 씽 하니 돌아섰다.

"종수야. 난 말야, 종수가 씩씩하게 어려움을 이기고 살아가는 것이 좋긴 한데, 한 가지 아쉬움이 있었어."

레지 누나가 주문을 받고 돌아가자 누나가 종수를 바라보며 입을 열었다.

"……."

종수가 잠자코 누나의 다음 말을 기다렸다.

"뭐냐 하면 말이야. 종수야, 넌 공부를 해야 돼. 공부를 해야 이 다음에 네가 훌륭한 일을 하고 훌륭한 사람이 될 수가 있는 거야."

"……."

종수는 누나의 말에 아무 대꾸도 못하고 마른침만 삼켰다. 종수는 누나가 왜 자기를 학원에 데려갔는지 비로소 알 수가 있었다.

"너는 지금 중학교에 다닐 형편이 안 되니까 학원에 가서 검정고시 준비를 하면 돼. 고입 검정고시에 합격하면 중학교 졸업 학력 인정을 받을 수 있어. 그러면 정규 중학교 다닌 애들과 같은 동등한 자격이 되는 거야. 대입 검정고시는 고등

학교 학력 인정을 받는 거고, 대입 검정고시까지 합격하면 대학교도 다닐 수 있어."

누나가 자세하게 설명했다. 종수는 누나의 말을 들으면서 자신이 그렇게 공부를 할 수 있을까 하는 생각이 들었다. 이제까지 공부하고 담을 쌓고 살아왔으니 그런 생각이 드는 것이었다. 설령 누나 말대로 공부를 하겠다고 했을 때, 독사 형이나 다른 형들이 공부를 하게 할지도 자신할 수가 없었다.

"누나, 내가 공부를 할 수 있을지 모르겠어요. 그리고 지금 난 일을 하고 있는데 시간을 낼 수 있을지도 모르고……."

종수가 자신 없는 말투로 시무룩한 얼굴로 말했다.

"왜 공부를 못해? 종수 넌 똑똑하니까 하면 잘할 수 있을 거야. 그리고 공부는 저녁에 하면 돼. 일 다 끝나고 공부하면 되잖아. 물론 몸이 고되겠지만 그건 각오를 해야지. 그 정도 고생 안 해 가지고 무슨 일을 하겠어? 네가 공부를 할 수 있도록 누나가 힘써 볼게."

누나가 종수의 눈을 응시하며 다짐하듯 말했다.

"어, 너 여기서 뭐하고 있는 거야?"

둘이 심각하게 이야기하고 있는데 개남이가 종수를 발견하고 다가왔다. 개남이의 손에는 구두 두 켤레가 들려 있었다. 닦은 구두를 가지고 들어오다가 누나와 종수를 발견한 것이었다.

"개남이 형!"

종수가 엉거주춤 자리에서 일어나며 개남이를 보고 어찌할 바를 모르고 쩔쩔매었다.

"너, 일은 안 하고 여기서 뭐하고 있는 거야?"

개남이가 이맛살을 찌푸리며 퉁명스럽게 물었다. 그러고는 종수 앞에 앉아 있는 누나를 힐끔 훔쳐보았다.

"종수하고 같이 일하는 형인 모양이군요. 음료수 한 잔 하세요."

누나가 개남이를 보고 입가에 잔잔한 웃음을 지으며 말했다.

"아, 됐습니다. 종수야, 너 빨리 니와."

누나의 호의를 무시한 개남이는 종수에게 눈을 부릅뜨며 한마디 하고, 두 사람 곁을 횡 하니 떠나버렸다.

"누나, 나 빨리 가봐야겠다. 너무 오래 나와 있었어. 다음에 내가 누나 찾아갈게."

말을 끝내자마자 종수는 자리에서 성급하게 일어나 한달음에 달려 나갔다.

저녁이었다. 개남이는 낮에 다방에서 종수를 본 일을 성길이 형과 문수 형에게 고해바쳤다. 그것도 부풀리고 왜곡해서 종수가 일은 안 하고 농땡이를 부렸다고 부풀려서 말했다.

"너, 종수 이 새끼. 어리다고 좀 봐줬더니 농땡이를 부려. 너 낮에 어디 쏘다니느라고 일 안 한 거야?"

그렇지 않아도 성길이 형은 낮에 종수가 한동안 안 보여 잔뜩 화가 나 있었던 터였다. 개남이가 일러바치지 않았더라도 종수를 혼내주려고 벼르고 있었던 것이다.

"형, 잘못했어요."

종수가 성길이 형 앞에 서서 고개를 숙이고 잘못을 빌었다. 문수 형은 그런 종수를 느긋한 표정으로 바라보았고, 개남이는 실실 웃으며 고소하다는 표정을 지었다.

"야, 이 새끼야! 뭘 잘못했는데? 낮에 어디 가서 뭐했어? 말을 해봐."

여차하면 때릴 듯이 성길이 형은 종수를 쏘아보았다.

"저……."

종수가 망설거리며 말을 못했다.

"이 새끼가 그래도."

성길이 형이 솥뚜껑 같은 손바닥으로 종수의 뺨을 후려갈겼다. 뺨을 맞은 종수는 귀가 멍멍했다. 금방 눈물이 쏟아져 나올 것 같았다. 종수는 눈물을 보일 것 같아 어금니를 꽉 물었다.

"빨리 말 안 해!"

두 번째의 손바닥이 종수의 오른뺨에 떨어졌다. 종수는 손으로 맞은 오른쪽 뺨을 감싸 쥐었다.

"손 내려! 어디다 손을 올려."

말이 끝남과 동시에 주먹이 종수의 배를 가격했다. 종수는 배에 오는 통증에 배를 감싸 쥐고 주저앉았다.

"이 새끼, 요즘 아주 군기가 빠져 가지고 꾀를 부려?"

"아……."

종수가 맞은 배를 부여잡고 신음소리를 내었다.

"야, 이 새끼야! 엄살 부리지 마."

그러면서 이번에는 등을 주먹으로 때렸다. 종수는 배의 고통을 추스를 틈도 없이 등을 활처럼 휘었다. 묵직한 고통이 등에 더해졌다.

"너 또 꾀 부렸다간 죽을 줄 알아? 내 오늘은 이만 한다."

성길이 형이 거친 숨을 내뱉으며 말했다.

"형, 저 새끼 다방에서 어떤 여자애랑 주스를 마시고 있더라구요."

히죽히죽 웃으며 종수가 맞는 것을 구경하던 개남이가 끼어들어 말했다.

5. 놀이공원으로 소풍가다   103

"뭐? 여자랑 주스를 마시고 있었어? 정말이야?"

성길이 형이 개남이를 돌아보며 물었다.

"정말이에요. 내가 구두를 손님에게 갖다 주려고 다방에 갔다가 봤다니까요."

개남이가 성길이 형을 보고 실실 웃으며 말했다.

"잘한다. 야, 이 새끼야. 남은 좆 빠지게 일하고 있는데 넌 시원하게 다방에 앉아서 주스를 마시고 있었다?"

성길이 형이 빈정거리는 투로 말했다.

"인마, 다방에서 만난 여자가 누구야?"

방 벽에 기대 주간지를 뒤적거리던 문수 형이 보던 주간지를 덮어 한쪽으로 휙 내던지며 종수에게 물었다. 여자라고 하니까 호기심이 동한 모양이었다.

"혜련이 누나에요."

종수가 마지못해 조그만 소리로 대답했다.

"혜련이 누나가 누구야? 너 인마, 넌 부모도 없고 일가친척, 형제도 하나도 없다고 했잖아."

혜련이 누나라는 말에 문수 형이 무슨 뜻이냐는 듯 물었다.

"헤헤, 여자 얼굴이 꽤 예쁘던데요."

개남이가 샐샐 웃으며 말했다. 종수는 개남이의 말에 어처구니가 없으면서도 화가 치솟았다. 형들이 말하는 것보다 개남이가 누나를 두고 하는 말은 무엇보다 기분이 나빴다. 종수는 화를 삭이려고 주먹을 불끈 쥔 채 눈을 감았다.

그 다음날이었다. 종수는 언제 매를 맞았나 싶게 쾌활한 얼굴로 일을 했다. 농담도 하고 낄낄거리며 웃었고 장난도 잘 쳤다. 그러면서도 누나를 만나느라 못한 일을 벌충이라도 하려는 듯이 열심히 이곳저곳을 뛰어다녔다.

"야, 이놈아. 좀 천천히 다녀라. 네 불알에서 딸랑거리며 소리가 나겠다."

땀을 삐질삐질 흘리며 건물을 들락날락하는 종수를 보고 경비 아저씨가 종수에게 말했다. 경비 아저씨는 어린 나이의 종수가 구두를 하나라도 더 수집하려고 뻔질나게 드나드는 것을 보고 측은하여 한마디 하였다.

"아저씨, 괜찮아요."

종수가 씩 웃으며 팔뚝으로 흐르는 땀을 쓱 문지르며 대꾸했다.

"허, 녀석."

경비 아저씨가 사라지는 종수의 뒷모습을 바라보며 혼잣말처럼 중얼거렸다.

"형님, 날씨도 죽여주는데 우리 언제 한번 봄놀이 가죠."

개남이가 슬쩍 독사 형의 눈치를 보며 어렵게 말을 꺼냈다. 독사 형은 여느 날과 마찬가지로 들러서 하루의 결산을 보고 있었다.

"봄놀이? 어, 그것도 괜찮겠다. 우리 식구 그동안 일하느라 수고가 많았는데 언제 한번 날 잡아서 갈까?"

독사 형이 성길이 형이 건네준 돈을 세면서 말했다.

"형님, 정말이에요? 정말 갈 거죠?"

개남이가 반색을 하며 되물었다.

"자식, 그렇게 가고 싶냐?"

"아, 그럼요."

"형, 혜련이 누나도 같이 가요."

종수가 누나를 생각하고 독사 형에게 잽싸게 말했다.

"혜련 씨? …… 뭐, 그것도 괜찮겠다."

독사 형이 잠시 생각하는 듯하더니 고개를 끄덕였다.

"야, 니들도 찬성하냐?"

"아, 형. 찬성하고 말고가 어디 있어요. 다 찬성이죠."

촉새처럼 촐랑거리며 개남이가 샐샐 웃으며 말했다.

"어유, 저 새끼는 먹는 거하고 노는 거는 그저 좋아가지고……."

문수 형이 개남이를 향해 볼멘소리를 내질렀다.

"어, 형. 왜 그래요. 일할 때에는 또 열심히 일하잖아요. 헤헤헤."

멋쩍어진 개남이가 문수 형을 향해 간신같이 웃으며 얼버무렸다.

"어유, 저 새끼. 저거 그냥……."

성길이 형이 개남이를 노려보았다. 종수는 그런 개남이를 힐끗 쳐다보다가 독사 형에게 눈길을 돌리며 말했다.

"형, 그럼 혜련이 누나도 가는 거죠?"

종수가 다시 한 번 다짐을 받았다.

"인마, 혜련이란 여자가 뭔데 이런 데 끼어주려고 그래?"

잔뜩 찌푸린 얼굴을 하고 있던 성길이 형이 불만스런 목소리로 한마디 툭 던졌다.

"형, 우리 누나 저번에도 우리 집에 와서 빨래도 하고 청소도 했잖아요. 얼마나 예쁘고 착한 누나인데요."

"마, 착하고 예쁘면 뭐해? 그래봤자 창녀인데."

아무 생각 없이 성길이 형이 창녀란 말을 툭 하고 내뱉었다. 창녀란 말에 독사 형의 이맛살이 찌푸려졌다. 독사 형은 힐끗 성길이 형을 매섭게 쏘아보며 말했다.

"성길이 너 인마! 말 함부로 할래?"

독사 형이 날카롭게 소리쳤다. 성길이 형은 자기가 한 말이 독사 형의 심기를 건드렸다는 것을 깨닫고 얼굴이 확 달아올랐다.

"아, 형, 그게 아니고……."

성길이 형이 더듬거리며 얼버무렸다.

"자식, 말이면 단 줄 알아. 입장 바꿔서 누가 너더러 딱쇠라고 하면 너는 좋냐? 그리고 너나 나나 혜련 씨나 여기에 있는 사람 중 누가 잘나고 못난 사람이 있어? 마, 사람은 다 똑같은 거야. 환경에 따라 처지가 다르고 하는 일이 다를 뿐이지."

독사 형이 화를 가라앉히며 말했다. 독사 형은 여간해서 화를 내지 않았다. 그러나 한번 화를 내면 무서웠다. 그런 독사 형의 성질을 아는 형들은 여간해서 독사 형의 화를 돋우지 않았고 기분을 거스르지 않으려고 노력했다.

"그러면 그렇게 알고 있어라. 날짜와 장소는 내가 알아볼 테니까?"

독사 형이 결론을 내리며 자리에서 일어났.

봄은 짧았다. 어느새 꽃이 피었는가 싶으면 꽃이 졌다. 그러면 봄은 가고 여름이 오는 것이었다. 진달래도 지고 목련, 개나리도 졌다. 벚꽃도 서서히 지기 시작했다. 그러자 바통을 이어받듯 라일락과 영산홍, 철쭉이 한창이었다.

어제 저녁 종수는 누나를 만나 시장에 가서 내일 봄놀이 갈 준비물을 사왔다. 김밥 쌀 재료와 과일, 과자, 음료수 따위를 잔뜩 사왔다.

아침 일찍 누나가 집으로 찾아왔다. 형들은 그때까지 잠자리에 누워 세상모르고 자고 있었다.

"누나, 일찍 왔네?"

종수가 문을 열어주며 누나를 맞이했다.

"응, 종수 일찍 일어났구나. 다른 형들도 일어났니?"

안쪽을 살피며 누나가 물었다.

"아니, 아직 한밤중이야. 형들은 잠이 많아."

종수가 방 안을 힐끗 보며 말했다.

"저런, 어서 일어나서 준비를 해야 하는데. 그럼 종수야, 형들은 자게 놔두고 너랑 나랑 준비를 해야겠다. 종수 네가 도와줄 거지?"

누나가 눈을 찡긋하며 종수에게 윙크를 하며 도움을 청했다.

"그럼, 내가 아니면 누가 누나를 도와줘?"

"그래, 그럼 종수야. 먼저 밥부터 해야겠다. 김밥을 싸려면 밥을 많이 해야 돼."

누나가 소매를 걷어 올리며 말했다.

이윽고 누나는 쌀을 씻어 밥을 안쳤다. 종수는 누나 곁에서 물도 떠다주고 시중을 들었다.

"종수야, 너 지난번에 누나가 말한 거 생각해 봤어?"

누나가 달걀부침을 뒤집으며 종수에게 물었다.

"뭐, 누나?"

종수가 무슨 말인가 하여 누나를 쳐다보았다.

"얘 봐, 며칠이 됐다고 벌써 잊어버렸어."

"…… 아, 그거."

종수가 고개를 주억거렸다. 며칠 전 누나가 종수를 데리고 검정고시 준비를 하는 학원에 가, 종수에게도 검정고시 공부를 하라고 한 일을 말한 것이었다. 그러나 결정은 종수 혼자 내릴 일이 아니었다. 먼저 같이 사는 형들이 허락을 해주어야 했고, 무엇보다 독사 형이 허락을 하여야 했다.

"누나, 공부는 하고 싶은데……."

말을 채 끝맺지 못하고 종수가 얼버무렸다.

"그런데 뭐가 문제가 있어?"

누나가 종수를 올려보았다.

"응, 누나."

"그래, 그게 뭔데?"

"응, 뭐냐면. 먼저 형들이 허락을 해줘야 돼. 무엇보다 독사 형이."

종수가 근심 어린 표정으로 말했다.

"그런 거라면 걱정 안 해도 돼. 형들한테는 내가 말해 볼게. 그리고 평우 씨하고는 벌써 말이 되었어. 내가 얘기를 하고 허락을 받았거든."

"정말, 누나?"

뜻밖의 말에 종수는 기뻐서 누나의 손을 자기도 모르게 꽉 잡았다.

"그래."

누나가 입가에 잔잔한 웃음을 지으며 대답했다.

"사실 누나, 나 그동안 말은 안 했는데 학교 다니는 애들 보면 정말 부러웠어."

"그랬겠지. 자, 그 얘긴 이따 다시 하기로 하고, 종수야, 어서 형들을 깨워라."

"알았어. 근데 누나, 독사 형은 언제 오는 거야?"

종수가 부엌에서 나가며 물었다.

"응, 이제 조금 있으면 올 거야."

종수는 방으로 들어가 늦잠을 자는 형들을 깨웠다. 한껏 게으름을 부리며 형들은 일어났다. 그들은 부엌에서 일하고 있는 누나를 보자 다들 어색해하고 무안해했다. 그런 형들을 누나는 전서부터 잘 알고 있는 것처럼 살갑게 대했다. 말이 없고 조용한 누나에게 저런 면이 있었나 싶을 정도로 누나는 형들에게 살가웠다. 그러자 형들은 처음에는 데면데면하며 소 닭 쳐다보듯 하더니, 슬쩍슬쩍 말도 하고 은근슬쩍 누나에게 다가가 뭐 도와줄 것이 없냐고 자청하기도 하였다.

누나는 프라이팬에 고기도 볶고 달걀도 부치고 당근도 볶았다. 종수는 김밥 쌀 준비를 하느라 방바닥에 신문지를 널찍하게 깔았다. 밥을 퍼서 누나가 들어왔다.

"자, 이리들 오세요. 김밥은 제가 쌀 테니까 옆구리 터진 것은 드세요."

그 말에 개남이 형이 웃으며 대꾸했다.

"헤헤, 될 수 있으면 옆구리 많이 터지게 해주세요."

"어유, 저거 말하는 거 봐. 아무튼 저 자식은 먹는 거라면 사족을 못 쓴다니까."

문수 형이 개남이에게 핀잔을 주었다.

"형, 오늘 같은 날 좀 먹어야 하는 거 아니에요. 헤헤헤."

그러면서 개남이가 누나를 보고 뒷머리를 긁적이며 너스레를 떨었다.

"아, 그럼요. 제가 개남 씨 많이 드릴 테니까 많이 드세요."

누나가 개남이의 말을 거들었다.

"헤헤, 고마워요."

개남이가 또 헤헤거리며 뒤통수를 긁적였다.

누나는 김밥을 열심히 쌌다. 여러 사람이 먹을 김밥이라 많이 싸야 했다. 한창 먹을 나이인 장정이 여럿이었으므로 적게 싸서는 모자랐다. 종수도 김밥을 싸는 누나 옆에서 터진 김밥을 집어 먹었다. 맛이 꿀맛이었다.

누나는 음식 만드는 솜씨도 아주 좋았다. 밥에다 참기름도 넣고 깨소금, 소금을 넣어 밥을 비벼 김밥을 싸는데, 그 안에는 미리 준비한 단무지, 시금치, 달걀, 당근 따위를 넣어 말았다.

준비를 마치고 드디어 놀이 공원으로 출발했다. 모처럼 다같이 가는 나들이였다. 종수는 연방 싱글벙글 좋아서 어쩔 줄을 몰랐다. 개남이도 좋아서 입을 잠시도 놀리지 않았고, 형들도 다들 싱글벙글이었다.

놀이 공원에는 사람들로 혼잡했다. 그늘이 지고 경관이 좋은 곳은 벌써 자리를 다 차지하고 없었다. 자리를 잡은 가족들은 둘러앉아 이야기를 나누고 아이들은 아이들대로 놀고 있었다. 종수네도 자리를 잡으려고 마땅한 곳을 찾기 위해 이곳저곳을 둘레둘레 찾아보았다. 그러나 먼저 온 사람들이 좋은 곳은 다 차지해 마땅한 곳이 없었다.

"형님, 제가 좋은 자리 찾아볼게요."

여기저기를 둘러보며 자리를 찾던 개남이가 독사 형에게 말했다.

"그래. 어서 찾아봐라."

독사 형이 선뜻 말했다.

놀이 공원 안에는 봄놀이 온 사람들만 붐비는 것이 아니었다. 장난감을 파는 상인들과 구름과자, 풍선 이러지러한 과자, 음식을 파는 상인들이 뒤섞여 정신이 없었다.

"형님, 이리 오세요. 저기 좋은 자리 찾았어요."

잠시 후 자리를 찾으러 갔던 개남이가 숨이 턱에 닿아서 달려왔다.

"좋은 자리 찾았냐?"

성길이 형이 모처럼 반가운 얼굴로 개남이를 보고 물었다.

"아, 끝내주는 데 찾았어요. 빨리 가자구요."

개남이가 말하며 서둘러 앞장을 섰다. 개남이가 찾은 데는 괜찮은 자리였다. 놀이 공원과 조금 떨어진 곳이긴 하지만 벚나무가 그늘을 드리워 주고 있었다. 벚꽃은 한창 때가 지나 탐스럽지는 않았으나 그래도 꽃이 제법 있었고, 꽃이 진 자리에는 파릇하게 잎이 나고 있었다.

"자리 깔자."

문수 형과 개남이가 잽싸게 자리를 깔았다.

"혜련 씨, 여기 앉으시죠."

자리가 깔리자 독사 형이 누나에게 자리를 권했다.

"예, 다같이 앉죠. 아, 참 예쁘네요. 벚꽃이 한 잎 한 잎 지는 것도 예쁘고 이렇게 모처럼 밖에 나오니 정말 좋아요."

누나가 바람에 날려 떨어지는 벚꽃 잎을 손바닥으로 받으며 말했다.

"아, 그렇습니까?"

독사 형도 기분이 한껏 좋은지 누나의 말에 웃음으로 응답했다.

"다른 분들도 모두 좋죠? 종수야, 너도 좋지?"

누나가 모두를 둘러보며 상기된 표정으로 물었다.

"아, 예, 예."

성길이 형이 어쩔 줄을 모르고 쩔쩔매며 대답했다. 문수 형은 뒷머리를 긁적이고 개남이는 누나의 물음에 대답은 못하고 입만 헤 벌리고 있었다.

"참 이거 혜련 씨가 있으니까 우리들이 이렇게 봄나들이도 다 해 봅니다. 사내들끼리 있으면 이런 거 생각해 보지도 못했을 겁니다. 그런데다 오늘 음식 장만하느라 수고가 정말 많으셨습니다."

독사 형이 정중하게 누나에게 고맙다는 말을 하였다. 그러자 누나는 얼굴 가득 웃음을 지으며 종수를 돌아보고 말했다.

"사실 종수가 없었으면 여기 계신 분들을 알지도 못했을 거에요. 그러면 오늘과 같은 날도 없었겠지요. 저도 여러분들을 만나 정말 반갑고 기뻐요."

"아, 뭘요. 헤헤헤."

개남이가 촉새처럼 끼어들어 헤헤거렸다.

"앞으로 혜련 씨가 이런 자리를 자주 가질 수 있도록 해주세요."

독사 형이 누나의 말에 웃음을 지으며 부탁의 말을 덧붙였다.

"그렇게 하겠어요."

누나가 웃으며 대답했다.

"형님, 이제 우리 싸온 거 먹죠?"

개남이가 형들의 눈치를 살피며 조심스럽게 말했다.

"어, 그래. 먹자 먹어."

독사 형이 얼굴 가득 웃음을 지으며 시원하게 말했다.

이윽고 집에서 준비해온 음식들이 차려지기 시작했다. 김밥은 물론 통닭, 과일, 과자, 음료수 등 먹을 것이 푸짐했다. 종수는 음식만 봐도 배가 불렀다. 그리고 누나가 옆에 있어 좋았고 형들 모두가 누나를 좋아하는 것이 무엇보다 기분이 좋았다.

개남이는 입이 터지게 통닭을 뜯었다. 문수 형도 김밥을 입에 넣으며 연신 싱글벙글 웃는 빛이었다. 성길이 형도 음료수를 따라 마시며 허허거렸다. 독사 형은 천천히 음식을 먹으며 누나에게서 눈길을 떼지 못하였다. 그러면서도 누나의 눈길이 의식되면 다른 데로 눈길을 돌렸다.

종수도 닭다리 하나를 붙잡고 맛있게 먹었다. 참으로 오랜만에 먹는 맛있는 음식이었다. 다들 음식들을 먹느라 정신이 없었다. 먹는 틈틈이 종수는 목이 메어 사이다를 따라 마셨다.

"종수야, 천천히 먹어. 체할라."

누나가 통닭을 먹기 좋게 찢어놓으며 종수에게 말했다.

"알았어, 누나. 누나도 어서 먹어."

음식이 입에 든 채로 종수가 누나에게 말했다.

"그래, 알았어."

누나는 대답은 했지만 정작 음식은 거의 먹지 않았다. 김밥만 몇 개 입에 대다 말고 과일만 몇 쪽 먹었다.

"저, 평우 씨."

누나가 조심스럽게 독사 형을 불렀다.

"아, 예."

독사 형이 누나를 돌아보며 대답했다.

"저, 지난번에 얘기한 종수 공부하는 거 말이에요······."

"예······, 말씀하시죠."

"종수가 공부는 하고 싶은데 형들이 허락을 해야 한다고 그래서요."

누나가 형들을 둘러보며 말했다. 누나의 말에 형들의 눈길이 모두 누나에게 모아졌다. 개남이만 계속 쩝쩝대며 음식을 먹었다.

"공부요? 그게 무슨 말입니까?"

성길이 형이 무슨 말이냐는 듯 의아한 표정을 지으며 누나에게 물었다.

"그거 무슨 말이냐면 말이다. 내가 말할게. 종수가 공부를 해야 할 나이인데 공부를 못해서 지금부터 공부를 시키자는 거다. 정규 학교는 어렵고 검정고시 학원에 보내 검정고시를 보게 하자는 거야. 너희들 생각은 어떠냐?"

독사 형이 형들을 둘러보며 의견을 물었다.

"형님, 공부는 무슨 공부에요. 돈이나 벌지."

개남이가 공부에는 관심이 없다는 듯 시큰둥하게 말했다.

"저 자식은 꼭 낄 때 안 낄 때 구분도 못하고 낀다니까. 인마, 형님들 말할 때에는 잠자코 좀 있어. 촉새처럼 촐랑대지 말고."

성길이 형이 나무라듯 윽박질렀다. 그러자 개남이는 성길이 형의 눈길을 피하면서 딴청을 부렸다.

"아, 형 그게 아니구……."

"개남이 너도 사실은 네 나이로 봐선 공부를 해야 돼. 공부하는 걸 대수롭지 않게 생각해선 안 돼. 앞으로 네 장래를 봐서라도 공부는 해야 해. 너 언제까지 찍쇠 노릇만 할 거야? 사실 혜련 씨 만나기 전만 해도 나 역시 공부에 대해 중요하게 생각하지 않았어. 더군다나 너희들이 내 밑에서 일하면서 공부를 한다는 것은 꿈에도 생각 못해봤지. 그러나 혜련 씨를 만나고 혜련 씨가 종수를 친동생처럼 여기고 종수의 장래를 위해 공부를 하게 했으면 어떻겠느냐는 말에 나도 생각을 많이 했다."

독사 형이 개남이에게뿐만 아니라 둘러앉아 있는 모두에게 들으라는 듯이 말했다.

5. 놀이공원으로 소풍가다

"맞아요. 이번 기회에 개남 씨도 종수하고 같이 공부해요. 낮에 일하고 밤에 학원 다니면 되잖아요."

누나가 독사 형의 말에 맞장구를 쳤다.

"헤, 공부요? 난 공부와는 담 쌓은 지가 오래 되었는데……."

"자식, 공부와 담 쌓은 지가 오래된 것이 아니라 아예 공부할 마음이 없는 거지."

성실이 형이 개남이의 말에 빈정대었다.

"평양 감사도 자기가 하기 싫으면 안 하는 거다. 개남이 너 네 장래를 생각해서 공부하는 문제를 심각하게 생각해 보기 바란다."

독사 형이 결론을 내리듯 말했다.

점심을 푸짐하게 먹고 종수는 누나와 놀이기구를 탔다. 형들은 각자 여기저기 다니면서 구경을 하였다. 독사 형은 누나 곁을 떠나지 않았다. 그 모습은 누가 보더라도 다정한 한 쌍의 연인이었다.

# 6. 독사 형의 주먹은 세다

 드디어 종수는 검정고시 학원에 등록을 하였다. 낮에는 일을 해야 했으므로 저녁 시간대로 수강 신청을 했다. 종수는 그 다음날부터 학원에 나갔다. 그렇지만 하지 않던 공부를 하느라 여간 힘들지가 않았다. 그래서 종수는 학원에 가 책상에 앉으면 꾸벅꾸벅 졸았다.

 종수는 정신을 차리려고 안간힘을 썼다. 피곤한 것도 피곤한 것이지만, 오랫동안 놓았던 공부를 다시 하려니 수업 진도를 따라가는 것이 정말 힘들었다. 그중에 수학은 기초가 부족하여 이해를 못하였고, 어려웠다.

 하지만 종수는 형들의 배려로 공부를 할 수 있다는 것이 꿈만 같았다. 자기는 공부하고는 거리가 먼 아이로만 생각했었다. 특히 누나에 대한 고마움은 이루 말할 수가 없었다. 누나를 만나지 않았더라면 공부는 꿈에도 생각을 못하였을 것이다. 이 모든 변화가 누나가 있었기 때문에 가능했다.

변화는 종수에게만 있는 것이 아니었다. 독사 형은 물론 다른 형들에게까지 누나의 영향은 미쳤다. 다들 선머슴 같고 거친 형들이 누나의 섬세한 배려와 손길로 조금씩 변하고 있었다.

특히 독사 형의 변화는 놀라웠다. 원래 의리도 있고 마음이 넓은 형이긴 하였지만, 누나를 만나고부터 눈에 띄게 변화하였다. 그리고 무엇보다 독사 형이 누나를 좋아하는 것 같아 종수는 기분이 좋았다. 왜냐하면 외롭고 힘든 누나에게도 힘이 되고 의지할 수 있는 사람이 생겼기 때문이었다.

아버지가 돌아가시고 엄마가 재혼을 해서 새 남편을 따라 이민을 가버렸을 때, 종수는 넓은 세상에 자기 혼자 달랑 남아 있다는 생각이 들었었다. 그땐 얼마나 막막했는지 몰랐다.

고모네 집에서 구박 받고 설움 받고 살던 시절, 그래서 고모네 집을 뛰쳐나와 청량리를 헤매고 다니다가 지금의 형들을 만나 새로운 생활을 시작한 지금. 물론 지금의 생활도 힘들고 고달프지만 전에 비하면 너무 행복했다. 이렇게 된 것이 모두 누나의 덕이었다. 그래서 종수는 누나를 생각해서라도 열심히 공부를 해야겠다고 마음을 굳게 먹었다.

학원에 나와 공부하는 사람들도 이런저런 사정으로 공부를 못한 사람들이 대다수였다. 나이 많은 아저씨, 아줌마도 있고 형뻘이나 누나뻘 되는 사람들도 있었다. 물론 종수 또래의 아이들도 몇 있었으나 대부분 나이들이 많았다.

사실 종수의 나이는 공부하기에 많은 나이도 아니었다. 그걸 알자 종수는 용기가 생겼다. 자기보다 나이도 더 많고 형편도 어려운 사람들이 공부를 하겠다고 하는데, 자기라고 못할 것이 없다는 생각이 들었다.

밤 10시, 공부를 마친 종수는 며칠 못 본 누나가 보고 싶은 생각이 들었다. 그러자 자기도 모르게 발걸음이 588쪽으로 향해졌다. 이 시간이면 한창 일을 할 시간이었다. 될 수 있으면 일하는 시간에는 안 가려 했다. 그러나 자기 의지와는 상관없이 그쪽으로 발걸음이 향해졌던 것이다.

밤의 청량리는 낮의 청량리와 또 달랐다. 도시 어느 곳이라도 양면성이 있었지만 역 부근은 특히 더했다. 더군다나 청량리는 그런 면이 한결 더 두드러졌다.

여전히 붉은 네온사인이 현란한 가운데 여자들이 길거리까지 나와 지나가는 남자들을 붙잡고 호객 행위를 하였다.

지나가는 남자들의 부류도 다양했다. 양복을 빼입은 신사로부터 노동자 복장을 한 사람, 군인들, 학생, 노인까지 별사람들이 다 지나다녔다.

그런 사람들 중에는 여자들과 하룻밤 놀려고 오는 사람들도 있었고, 볼일을 보는 중에 지나치는 사람들도 있었다. 하지만 무슨 목적으로 이곳에 들어섰든 여자들의 눈에 띄면 온전히 지나가지 못하였다.

"자기, 왔어? 나랑 오늘 재미있게 놀아."

"오빠, 놀다 가. 끝내 줄게."

문어가 물고기를 끈적끈적한 빨판으로 낚아채듯 여자들은 아무 남자들이나 팔을 부여잡고 노골적으로 유혹을 하였다. 그러면 남자들의 반응 또한 가지각색이었다.

"이 여자가 어디서 남의 팔을 함부로 잡고 그래!"

그러면서 팔을 거칠게 뿌리치는 사람이 있는가 하면 어떤 사람은 점잖게 훈계를 하는 사람도 있었다.

"어이, 아가씨. 이러면 쓰나. 아가씨, 이런 데 있으면 안 돼. 젊은 아가씨가 쯧쯧쯧."

어떤 남자들은 노골적으로 하룻밤 노는 값을 흥정하는 사람도 있었다.

"아가씨, 얼마만 주면 되는데. 에이, 좀 싸게 해주라."

이러면서 아가씨를 붙잡고 흥정을 하였다. 그러면 상대편 여자는 빈정거리는 투로 남자를 비웃으며 거칠게 말을 내뱉었다.

"아니, 뭐 이런 사람이 다 있어? 깎을 걸 깎아야지. 돈 없으면 집에 가서 마누라하고나 할 것이지. 이런 데는 왜 왔어? 별 거지발싸개 같은 사람을 다 보겠네. 쳇, 재수 없어."

여자는 이렇게 남자를 무시하고 쌀쌀하게 돌아섰다. 그러면 상대방 남자는 자존심이 상해 얼굴이 달아오르지만 어쩔 수 없이 기죽는 기색을 보였다. 간혹 어떤 남자는 자존심이 상했다고 생각하여 욕설을 퍼붓고 시비를 걸었다. 시비가 커지고 싸움이 벌어질 기미가 보이면 어디서 나타났는지 뒤처리를 하는 덩치들이 나와 조용히 문제를 해결했다.

종수는 이제 이런 풍경들이 낯설지가 않았다. 처음에는 낯설고 무안해서 얼굴도 들지 못하고 가던 길만 부지런히 갔었다. 그러나 이제는 여유 있게 걸으면서 거의 낯이 익은 여자들에게 인사를 하기도 하였다.

중간쯤 들어서자 앞쪽에서 떠들썩한 소리가 들려왔다. 항상 시끄럽고 크고 작은 싸움들과 시비들이 자주 있는 곳이라 종수는 오늘도 그러려니 하였다. 그러나 얼핏 보니 무리들

중에 누나가 눈에 띄었다.

종수는 누나를 발견하고 무슨 일인가 하여 급하게 뛰어갔다. 가서 보니 남자 대 여섯 명이 누나를 둘러싸고 욕설을 퍼붓고 있었다.

"야, 이 건방진 년아! 네가 뭔데 도도하게 지랄이야. 도도한 년이 이런 데 왜 뛰어들었냐?"

한 남자가 누나를 때리려고 손을 치켜들었다.

"아저씨, 왜 그러세요?"

종수는 그 모습을 보고 얼른 누나 앞으로 뛰어들었다. 갑자기 뛰어든 종수를 보고 모여 있던 일행들이 흠칫 놀라 종수에게 눈길을 보냈다.

"아니, 이 꼬마는 어디서 온 놈이야?"

누나를 때리려고 손을 치켜든 남자가 어이없는 표정으로 종수를 바라보았다.

"종수야, 여긴 왜 왔어?"

황망 중에도 누나가 종수를 감싸 안으며 말했다.

"어라, 이것들이 웃기는데. 누나란 것은 이곳에서 몸을 팔고 동생이란 것은 동생이랍시고 나서고."

일행 중 한 남자가 종수와 누나를 보고 재미있다는 듯 빈정대었다.

"야, 꼬마야. 이 창녀가 네 누나냐?"

누나를 때리려고 했던 남자가 종수를 돌아보고 거들먹거리며 물었다.

"이보세요. 어린애 앞에서 창녀가 뭐예요? 말씀 좀 삼가세요."

누나가 얼굴이 창백해 가지고 남자에게 따지듯 소리쳤다.

"창녀란 말이 듣기 싫은가 보지. 왜 내가 틀린 말 했어? 창녀는 창녀잖아."

얼굴이 넓적한 남자가 실실 웃으며 느물거렸다.

"안 되겠다. 종수야, 너 어서 집으로 돌아가. 누나가 이따가 갈 테니까."

더 이상 종수를 여기에 누어서는 안 되겠다는 생각이 드는지 누나는 어서 가라고 종수의 등을 돌려세웠다.

"누나, 나 안 가. 누나만 혼자 놔두고 갈 수가 없어. 저런 나쁜 사람들이 있는데 어떻게 누나만 두고 가란 말이야."

종수가 곧 울 듯한 표정을 지으며 말했다.

"이 자식 말하는 것 보게. 너희들 이 자식이 말하는 거 들었지? 우리보고 나쁜 사람들이란다. 이놈 아주 버릇이 없는 놈이군. 야, 인마! 너 이리 와봐. 이 건방진 자식아."

누나를 때리려 한 남자가 종수를 누나에게서 강제로 떼어

내더니 따귀를 세차게 올려붙였다. 느닷없이 따귀를 맞은 종수는 정신이 하나 없었다. 얼굴이 얼얼하고 귀가 다 멍멍했다. 누나는 그 모습을 보고 놀라서 얼굴색이 다 하얗게 변하였다.

그때였다. 종수가 따귀를 맞음과 동시에 어디서 독사 형이 나타났다.

"이봐요, 형씨들. 당신들 뭐하는 사람들인데 여기에 와서 행패를 부리는 거요?"

독사 형이 천천히 걸어오면서 남자들을 보고 말했다.

"아니, 저 자식은 또 어디서 굴러먹다 온 개뼈다귀야."

얼굴이 넓적하고 몸집이 곰 같은 남자가 독사 형을 보고 대뜸 욕지거리를 하였다.

"허, 형씨. 말이 상당히 거치시군."

독사 형이 가까이 다가와 곰 같은 남자를 날카롭게 쏘아보며 말했다.

"야, 좋은 말 할 때 여기서 꺼져라. 남의 일에 참견하지 말고."

곰 같은 남자가 거들먹거리며 독사 형에게 비웃듯이 말했다.

"평우 씨, 그만두세요."

누나가 얼른 독사 형 앞을 막아서며 말렸다.

"어라, 이제 보니 이것들이 서로 아는 사이인 모양인데?"

"어허, 이거 아주 재미있어. 창녀를 애인으로 둔 사나이라. 하하하."

무리 중 키가 땅딸막한 남자가 누나와 독사 형을 번갈아 보며 기분 나쁘게 웃었다.

"혜련 씨, 나서지 마세요. 이런 사람들은 버릇을 고쳐놔야 합니다."

독사 형이 누나에게 말하고 남자들을 향해 돌아섰다.

"좋은 말 할 때 안 듣는 것을 보니 당신들 안 되겠어. 내가 여간해서 주먹을 안 쓰려고 했는데 당신들 같은 개망나니들에게는 매가 약이겠어."

"어쭈, 이 자식이 찢어진 입이라고 말하는 거 보게. 야, 이 새끼야. 너 오늘 죽어봐라."

그러면서 곰 같은 남자는 말을 끝냄과 동시에 주먹을 날렸다. 눈 깜짝 하는 순간이었다. 주먹을 맞고 나가떨어졌으리라 생각했던 독사 형은 어느새 주먹을 피하고 상대방을 공격하였는지 정작 나가떨어진 건 곰 같은 남자였다.

둘러서 있던 사람들이 믿지 못하겠다는 듯 멍하니 입을 벌리고 그 광경을 바라보았다. 특히 같은 패거리인 일행들은 분을 삭이지 못하고 씩씩거리며 독사 형을 둘러쌌다. 그들은 곧 독사 형을 요절을 낼 듯한 표정으로 험악하게 인상을 쓰고 독사 형을 날카롭게 쏘아보았다. 와자지껄하며 여자들과 포주, 건달, 지나는 행인들까지 재미있는 구경이라도 난 듯 사람들이 금세 모여들었다.

"이 자식이 어디서 한 가닥 하는 모양인데. 너 오늘 잘 만났다. 네가 아무리 한 가닥 한다 한들 우리 여섯 명을 상대할 수 있겠어? 니 오늘 제삿날인 줄 알아라. 야, 쳐라!"

얼굴이 넓적한 남자가 일행들에게 명령하듯 소리쳤다. 그와 동시에 일행들이 일제히 독사 형에게 달려들었다. 그러나 독사 형은 두려워하는 기색도 없이 침착하면서도 날랜 몸짓으로 남자들을 상대하였다.

"야잇!"

기합 소리와 함께 독사 형의 높고 날랜 발이 앞서 덤비던 남자의 가슴을 강타했다. 그러자 독사 형의 발에 맞은 남자는 그대로 저만치 가서 쿵 하고 나가떨어졌다. 그러자 서슬 퍼렇게 덤벼들던 일행들이 주춤했다.

"자, 덤벼 보시지."

독사 형이 일행들을 향해 비웃는 듯한 웃음을 지으며 여유 있게 말했다.

"아니, 저 자식이 정말 죽을 라고 환장을 했나? 에라, 이 새끼야."

키가 크고 머리가 긴 남자가 독사 형을 향해 주먹을 날렸다. 그러나 남자의 주먹은 독사 형의 머리 위를 스치고 지나갔다. 순간 그 틈을 놓치지 않고 독사 형의 주먹이 그 남자의 옆구리를 가격했다.

"억!"

짧은 비명과 함께 남자는 땅바닥에 푹 주저앉았다. 그 모습을 본 일행들이 기겁을 했다. 그때부터는 겁이 나는지 함부로 덤비는 남자가 없었다. 그들은 서로 슬금슬금 눈치를 보면서 머뭇거렸다. 그중 눈에 상처가 난 남자가 나머지 일행에게 소리쳤다.

"야, 안 되겠다. 저 자식 보통 놈이 아니다. 한꺼번에 덤벼 작살을 내자. 자, 쳐라!"

고함 소리를 신호로 나머지 남자들이 독사 형을 향해 일제히 달려들었다.

일대 격전이 벌어졌다. 일행들이 독사 형을 향해 주먹질과 발길질을 사정없이 퍼부었다. 그러나 독사 형은 이리저리 피하면서 틈이 엿보이면 상대방 남자들에게 일격을 날렸다.

독사 형의 주먹과 발길질에 맞은 남자들은 맞는 족족 한

방에 나가떨어졌다. 종수는 주먹에 힘을 주고 어금니를 깨물며 그 광경을 눈도 떼지 않고 바라보았다.

사람들도 독사 형의 날랜 몸짓과 주먹질 그리고 발길질에 입을 벌리고 바라봤다. 누나는 어쩔 줄을 모르고 독사 형을 보며 애를 태웠다. 많은 여자들이 독사 형을 응원하고 소리쳤다.

"어머, 너무 멋지다!"

"어머, 어머, 평우 씨가 저렇게 싸움을 잘하는지 몰랐네. 어머, 너무 멋있다!"

"평우 씨, 파이팅! 나중에 나한테 오세요. 그냥 거저 줄게."

한참 만에 싸움은 끝났다. 일행들은 서로 끌고 부축하며 자리를 떠났다. 이윽고 독사 형이 손을 툭툭 털며 종수와 누나에게로 다가왔다. 구경하던 사람들이 독사 형 주위로 모여들었다.

"와, 평우 씨. 대단해요."

"우리 평우 씨를 위해 박수 한번 치죠?"

여자 중에 한 사람이 둘러서 있는 사람들에게 말했다.

"와, 짝짝짝!"

독사 형은 운동경기에서 승리한 선수처럼 많은 사람들에

게서 박수를 받았다. 그러자 독사 형은 얼굴을 붉히며 말했다.

"제가 한 일은 박수를 받을 만한 일이 아니니 다들 돌아가십시오."

독사 형이 사람들을 향해 손을 휘저으며 다들 돌아가라고 손짓을 했다. 그러자 사람들이 한 사람 두 사람 슬슬 돌아들 갔다.

"어디 다치신 데는 없어요?"

사람들이 돌아가고 종수와 독사 형만 남자 누나가 근심스런 얼굴로 독사 형의 얼굴을 살피며 물었다.

"아, 예, 괜찮습니다."

독사 형이 뒷머리를 긁적이며 멋쩍은 얼굴을 하였다.

"형, 정말 대단해요! 정말 멋졌어요."

종수가 독사 형을 흉내 내 주먹을 휘두르며 말했다.

"자식……."

그런 종수를 보고 독사 형이 씩 웃으며 종수의 머리를 헤집었다.

"그런데 어쩐 일로 그치들에게 그런 봉변을 당했습니까?"

독사 형이 정색을 하고 누나를 보고 물었다.

"…… 별거 아닌 일로……."

누나가 대답하기 곤란하다는 듯 말을 잇지 못했다.

그날 밤, 종수는 집에 돌아가자마자 형들에게 독사 형이 싸운 얘기를 신이 나서 떠벌였다.

"형들, 정말 독사 형 싸움 잘하더라. 남자 여섯 명이 독사 형한테 꼼짝도 못하고 맞고 나가떨어지더라니까요. 이소룡 저리 가라 할 정도로 독사 형 싸움 잘했어요."

종수가 싸움 얘기를 하자 개남이가 호기심이 일어나는지 바짝 종수에게로 다가오며 물었다.

"독사 형, 어떻게 싸우데?"

"형도 봤어야 하는 건데. 몸집도 크고 숫자도 여섯 명이나 되는 사람들이 형하고 상대가 안 됐어. 와, 독사 형 주먹도 세고 발차기도 그 사람들 머리만큼 올라가면서 휙휙 돌려차기 하는데 정말 끝내줬어. 그 사람들 한 대씩 맞으면 다들 나가떨어졌어."

종수가 자기가 한 말에 신이 나서 떠들었다. 그러자 잠자코 듣고 있던 성길이 형이 구부정하게 누워 있다가 몸을 바로 세우며 말했다.

"종수, 너 독사 형 싸우는 거 처음 봤지?"

"예, 처음 봤어요."

"난 전에 형님이 싸우는 거 봐서 형님의 실력을 잘 알고 있다. 아무것도 모르는 것들이 형님을 잘못 봤다가 큰코다치지. 야, 문수야. 너도 봤지? 작년 가을인가 동대문 패들하고 형님하고 싸우는 거."

성길이 형이 문수 형을 바라보며 물었다.

"그래. 그때 독사 형 내단했지. 몇 사람을 상대로 놓고 치는데 정말 끝내 주더라. 걔네들도 주먹 좀 쓰는 애들인데 독사 형에게는 상대도 안 됐잖아."

문수 형이 성길이 형의 말에 맞장구를 쳤다.

"독사 형이 그렇게 싸움을 잘해요?"

개남이가 호기심 가득한 눈으로 물었다. 개남이는 독사 형이 싸움을 잘한다는 말은 들었지만 실제 싸우는 것은 한 번도 보지 못하였다. 그래서 종수가 독사 형의 싸우는 장면을 얘기하사, 자기만 그 스릴 있는 싸움 장면을 못 본 것이 못내 아쉬웠던 것이다.


사금쟁이 석길이 형이 살림을 따로낸 지 얼마 지나지 않아 형에게 여자를 들였다. 이 일은 독사 형이 서둘러서 한 일이었다. 하지만 정작 따지고 보면 누나의 제의에 의해서 이루어진 일이었다.

석길이 형은 나이도 사십이 훌쩍 넘은 노총각이었다. 그런데다 의지가지없는 고아이고 장애를 가진 형이었다. 그래서 그만큼 형은 외로운 사람이었고, 옆에서 누가 보살펴 줄 사람이 필요했다. 그래서 여러 가지로 알아보고 같은 장애를 가진 여자를 들인 것이다.

석길이 형의 아내가 될 여자는 다리를 심하게 절었다. 어렸을 적에 소아마비를 심하게 앓아서 장애를 가졌다고 한다. 홀어머니하고 단 둘이 사는 여자였다. 이제 석길이 형과 같이 살게 되면 종수에게는 형수가 되는 셈이었다. 여자는 다리만 절었다 뿐이지 다른 곳은 정상이었다. 얼굴도 예쁘고 마음씨도 착하게 생겼다.

석길이 형의 아내가 될 여자는 그림을 그렸다. 석길이 형은 목각을 잘하는데 형수가 될 여자는 그림을 그렸으니 서로 잘 맞는 것 같았다. 석길이 형하고 산 지 두 달인가 되었을 때 식구들을 초대하였다. 물론 누나도 초대하였다.

일을 끝내고 형들은 석길이 형 집으로 갔다. 종수는 학원에서 공부를 마치고 석길이 형 집으로 갔다. 집 안에 들어서자 벌써 떠들썩한 형들의 목소리가 밖에까지 들려왔다.

"석길이 형, 나 왔어요!"

종수가 방문을 열고 들어서며 말했다.

"어버버버. 어버."

석길이 형이 종수를 보고 반가워했다. 상 주변에 앉아 있던 형들도 종수를 보고 어서 오라고 한마디씩 했다.

"종수야, 어서 와. 배고프지?"

누나가 자리에서 일어나며 종수를 맞이했다. 종수는 얼른 상 한쪽에 앉으며 젓가락을 들었다.

"아유, 배고파. 누나, 나 밥 좀 빨리 줘."

그러면서 상 위에 있는 잡채 그릇을 자기 앞으로 가져와 허겁지겁 먹기 시작했다.

"야, 야. 이 돼지 새끼야! 아무리 배고파도 좀 천천히 먹어라."

개남이가 그런 종수에게 욕설과 함께 핀잔을 주었다.

"야, 개남아. 이 자식아. 넌 어떻게 된 놈이 입난 열었다 하면 욕이냐? 하여튼 저 새끼는."

문수 형이 개남이를 나무라듯 윽박질렀다.

"야, 야, 문수야. 그렇게 말하는 너는 왜 개남이한테 욕을 하냐?"

성길이 형이 끼어들었다.

"야, 그만하고 어서들 먹어라. 개남이 넌 인마, 입 조심 좀 하고. 아무데서나 욕을 하면 되냐?"

독사 형이 중간에 나서서 점잖게 타일렀다. 그러자 성길

6. 독사 형의 주먹은 세다   137

이 형과 문수 형은 뒷머리를 긁적이며 멋쩍은 얼굴을 하였다. 개남이는 고소하다는 듯 낄낄대며 웃었다. 그러자 성길이 형이 그런 개남이를 향해 이맛살을 찌푸리며 노려보았다.

"종수야, 어서 밥 먹어."

그런 사이에 누나가 부엌에 나가 밥과 국을 퍼 와 종수 앞에다 놓아주었다.

"누나, 고마워."

종수가 누나를 보고 이빨을 보이고 씩 웃어보였다.

"그래, 어서 먹어. 여기 고기도 먹고."

그러면서 누나는 갈비가 담긴 그릇을 종수 앞에 옮겨 놓았다.

"와, 갈비다! 내가 좋아하는 돼지 갈비!"

소리를 지르며 종수는 젓가락으로 갈비 하나를 집어 들고 뜯어 먹기 시작했다. 배가 고픈 참이라 종수는 상 위의 이것저것 맛있는 음식들을 집어 입이 터지도록 먹었다. 평상시에 집에서 먹지 못하던 음식이라 욕심이 났던 것이다.

형들은 상을 물러내고 술을 마시면서 서로 이런저런 얘기들을 하였다. 누나와 형수는 빈 음식 그릇들을 치우기 시작했다. 형수는 다리가 불편한데도 누나와 함께 빈 그릇들을 치우면서 형들의 시중을 들었다.

따로 안줏감을 준비하여 작은 상에다 안주와 술을 들여왔다. 그런 모습을 석길이 형이 조심스럽게 바라보았다. 형수가 다리가 불편하기 때문에 신경이 쓰이는 모양이었다.

# 7. 종수, 입원하다

독사 형과 누나의 사이는 아주 빠르게 가까워졌다. 두 사람이 가깝다는 것은 서로 깊이 사랑한다는 뜻이었다. 독사 형과 가깝다는 사실 하나만으로도 누나의 588에서의 위상은 확실히 달라졌다. 더군다나 얼마 전에 독사 형의 싸우는 광경을 직접 눈으로 목격한 사람들이므로 그 사실은 숨길 수 없었다.

마귀할멈 같은 악착같고 인색한 포주 할머니도 예전과 달리 누나를 대했다. 그건 종수에게도 마찬가지였다. 종수만 봤다 하면 사흘 굶은 시어미상을 하며 거칠게 굴던 포주 할머니도 종수를 덤덤하게 대했다. 오면 오나 보다, 가면 가나 보다 하지, 전처럼 싫은 소리를 하거나 욕설을 퍼붓지 않았다. 그러지 않았으면 어림도 없는 일이었다.

독사 형과 가깝다는 사실 하나만으로도 종수와 누나의 위상이 확 달라진 것이다. 왜 아니 그렇겠는가. 독사 형이 여섯 명이나 되는 건달들을 눈 하나 깜짝 않고 혼자서 당해 내는 것을 다들 눈으로 똑똑히 보지 않았는가. 독사 형의 전광석화 같은 싸움 기술을 모두 넋 놓고 본 사람들이었다. 그 일로 인해 독사 형의 영향력은 더 커졌다.

포주들이 고용한 건달들도 독사 형의 이름을 전서부터 들어 알았지만, 이번 기회에 확실한 인상으로 자리 잡았다. 그래서 독사 형이 나타났다 하면 먼저 찾아와 인사를 구십도 각도로 깍듯이 했다. 주먹 세계에서는 자기보다 힘센 사람에게는 꾸벅 죽는 것이 관례였고, 그 사람을 떠빈들었다.

종수는 다 좋은데 독사 형에게 의문이 하나 있었다. 그건 다름이 아니었다. 독사 형이 진심으로 누나를 사랑한다면 누나가 사창가에 있지 않도록 하여야 하는 것이 아닌가 하는 의문이었다. 그건 누나에게도 마찬가지였다. 당연히 사랑하는 사람이 생겼으면 이곳을 벗어나야 하는 게 아닌가 하는.

그런데 누나는 사창가에 여전히 있었고, 독사 형도 그런 것에 대해서는 별다른 반응을 보이지 않았다. 종수는 그런 것을 이해하지 못했다. 그러나 두 사람 다 나름대로 생각이 있을 거라는 짐작은 갔다.

종수는 여름에 있을 검정고시 준비에 힘을 기울였다. 그렇다고 찍쇠 일을 게을리 할 수는 없었다. 종수는 조그만 수첩에다 영어 단어를 적어 일을 하는 틈틈이 보고 외웠다. 길을 가다가도 수첩을 꺼내 단어를 외웠다.

"야, 넌 뭘 그렇게 보면서 중얼거리냐?"

종수가 구두를 수집해서 계단을 내려오는 모습을 본 경비 아저씨가 물었다. 종수는 계단을 내려오면서 영어 단어를 외우느라 입을 가만히 두지 않고 중얼거렸기 때문이었다.

"아, 예. 별거 아니에요."

종수가 쑥스러워 얼버무렸다.

"너 요새 학원에 나가 공부한다면서?"

마음씨 좋게 생긴 경비 아저씨가 종수에게 관심을 가지고 물었다.

"예, 검정고시 공부해요."

"그래? 생각 아주 잘했다. 사람은 어찌하든 공부를 해야 돼. 열심히 해라."

"예, 아저씨. 고맙습니다."

"수고해."

경비 아저씨가 웃는 얼굴로 종수에게 격려의 말을 하고

펼쳐든 신문으로 얼굴을 돌렸다.

"야, 종수야."

건물 밖으로 나오자 개남이가 종수를 불렀다. 개남이는 건물 벽에 몸을 기대고 건들거리면서 종수를 보고 히죽 웃었다.

"어, 형. 왜?"

종수가 무슨 일이냐는 듯 개남이에게로 다가갔다.

"나 지금 볼일이 좀 있거든. 그래서 말이야. 이 형이 어디 좀 갔다가 올 테니까 형들이 찾으면 급한 볼일이 있어 갔다가 온다고 네가 말 좀 해줘. 알았냐?"

개남이가 몸을 계속 건들거리며 말했다.

"어디 가는데?"

종수가 또 무슨 엉뚱한 짓을 하려고 저러나 하는 의구심 어린 눈으로 개남이를 쳐다보았다. 그러자 개남이는 종수의 눈을 바로 보며 말했다.

"인마! 이 형이 그러면 그러는 걸로 알고 형들한테 말하면 되지, 뭘 묻고 그래? 너 형들한테 다른 말 하면 죽을 줄 알아. 알았냐?"

개남이가 종수의 턱에 바짝 얼굴을 들이밀고 협박을 하였다.

"형, 저번처럼 또 깡패 같은 애들하고 어울려서 나쁜 짓 하려는 거 아니지?"

종수가 지난번 일을 기억하고 말했다.

"아니, 이 새끼가! 이게 보자보자 하니까 까불고 있어. 너 형들이 요새 좀 봐주니까 간땡이가 부었냐? 어유, 이걸 그냥!"

그러면서 개남이는 곧 때릴 듯이 종수의 머리 위로 주먹을 치켜들었다.

"알았어, 형. 나중에 형들한테 무슨 말 들어도 난 책임 없어."

종수가 수그러든 목소리로 말했다.

"알았어, 인마."

개남이가 치켜들었던 주먹을 내리며 봐준다는 듯이 말했다.

개남이가 없으면 종수는 두 몫의 일을 해야 했다. 왜냐하면 성길이 형과 문수 형이 닦는 구두의 양을 맞추려면 두 사람이 수집해 와야 했다. 그래야만 닦는 구두의 양이 어느 정도 맞았다. 그런데 개남이 몫이 빠지게 되면 종수 혼자서 그 양을 맞춰야 한다. 그러니 그만큼 더 힘을 들여야 했다.

그런데도 개남이는 틈만 나면 꾀를 부리고 땡땡이를 치려고 하였다. 툭하면 핑계를 대고 나가서 한참 만에 들어왔다. 개남이가 땡땡이를 칠수록 종수는 고달팠다. 형들이 개남이가 핑계를 대고 땡땡이를 치는 것을 알고 혼을 내도 그때뿐이었다.

개남이는 저녁에 일이 끝나면 일이 끝나자마자 밖으로 내달았다. 나가서 무슨 짓을 하는지 몰랐다. 그러나 종수는 충분히 짐작할 수 있었다. 개남이가 불량한 애들과 어울려 나쁜 짓을 한다는 것을. 그런 개남이에게 누나와 독사 형이 검정고시 공부를 하라고 하였지만 그 말을 들을 리가 없었다. 개남이의 관심은 오로지 놀 생각과 먹는 생각뿐이었다. 그러면서 번번이 나쁜 애들과 어울려 사고를 치고 다녔다.

개남이는 종수가 학원에 다니는 것도 아주 못마땅해 했다. 그 까닭은 형들이 종수의 공부를 위해 심부름이나 빨래를 전처럼 많이 시키지 않았기 때문이었다. 오히려 종수가 하던 잡다한 일들을 개남이에게 시켰다. 그래 그런지 개남이는 종수에게 불만을 품고 조금이라도 자기의 눈에 거슬리면 트집을 잡고 욕을 하고 때렸다. 그것도 형들이 없는 자리라든가 따로 불러내어 그랬다.

하루의 일과를 끝내고 종수는 학원에 가려고 준비를 하였다. 교과서와 참고서는 가방에 넣어 아침에 나올 때 가지고 나와 구두닦이 부스 안에 두었다.

가방을 들고 학원에 가기만 하면 되었다. 종수는 근처의 건물 안에 있는 화장실에 들어가 손과 얼굴을 씻고 나왔다. 그래도 학원에 가는데 손과 얼굴은 닦고 가야 했다. 아무리 구두약을 손과 얼굴에 안 묻히려 해도 일을 하다 보면 구두약이 묻었다. 구두약은 비누질을 하여도 잘 지워지지 않았다. 그래서 솜에 신나나 휘발유를 묻혀 구두약을 닦아냈다. 휘발유는 라이터에 넣는 라이터용 기름을 사용하였다.

"어, 누나 오네."

오스카 극장 쪽에서 누나가 종수가 있는 곳으로 걸어왔다. 종수의 말에 성길이 형과 문수 형이 고개를 돌려 누나가 오는 쪽을 보았다.

"형수님이 어쩐 일이래?"

성길이 형이 누나가 오는 것을 보고 말했다. 형들은 이제 누나를 형수라고 불렀다. 그래도 종수는 형수보다는 누나라는 호칭이 훨씬 좋았다.

"일 끝내셨어요? 종수, 학원 가려나 보구나?"

부스 앞에 다가온 누나가 안을 들여다보며 반갑게 말했다.

"어이구, 형수님. 어쩐 일이세요?"

문수 형이 넉살 좋게 누나를 향해 웃으며 말했다.

"시간이 나서 잠깐 들렀어요."

누나가 환하게 웃으며 대답했다.

"형수님, 구두 벗으세요. 번쩍번쩍 광이 나게 닦아 드릴게요."

성길이 형이 누나의 구두를 보며 말했다.

"잠깐만요. 종수 먼저 학원에 보내고요."

그러면서 누나는 종수를 돌아보았다.

"종수야, 검정고시 볼 날이 얼마 안 남았지? 공부는 잘되니?"

"응. 그냥."

종수가 심드렁하게 대답했다.

"그냥이 뭐야? 열심히 해서 꼭 합격해야지."

"열심히 하고 있어."

종수가 볼멘소리로 말했다. 종수는 개남이 몫까지 두 배를 하려고 숨 가쁘게 뛰어다니며 구두를 수집하느라 힘이 들었다. 그래서 자기도 모르게 누나를 보자 괜히 심통이 나서 말이 퉁명스럽게 나왔다.

"종수가 오늘 기분이 썩 좋아 보이지를 않네."

누나가 종수의 눈치를 살피며 말했다.

"형수님, 오늘 종수가 개남이 몫까지 하느라 힘들었거든요."

성길이 형이 나서서 누나에게 말했다.

"그래요? 개남 씨는 어디 갔어요?"

내용을 모르는 누나가 성길이 형에게 물었다.

"가긴 어딜 가요. 자식이 일하기 싫어서 핑계 대고 어디 가서 놀고 있겠지요."

"아무튼 오늘 들어오면 버릇을 단단히 고쳐 놓을 거예요."

문수 형이 성길이 형의 말이 끝나자 마음먹은 생각을 말했다. 그러는 문수 형은 작심을 한 듯 굳은 표정을 지었다.

"너무 혼내지 마세요. 그 나이 때 얼마나 놀고 싶겠어요."

누나가 개남이를 옹호하는 말을 하였다.

"저보다 나이 어린 종수는 쌔빠지게 일하고 거기에다 저녁에는 공부까지 하는데, 이 자식이 정신 못 차리고 놀려고만 하니 정신 차리게 혼을 내줘야지요."

"그래도 너무 그러지 마세요. 저 그럼, 종수 학원까지 바래다주고 올게요. 종수야, 가자."

누나가 종수를 돌아보고 말했다. 종수는 누나와 형들이

말하는 동안 시무룩한 표정으로 서 있었다.

종수는 아무 말 없이 누나의 뒤를 따랐다. 학원은 가까이에 있어서 10분 거리도 채 안 되었다.

"종수야, 왜 그래? 오늘 기분 안 좋은 일 있었니?"

아까부터 시무룩해 있는 종수를 보고 누나가 조심스럽게 물었다.

"아냐. 기분 나쁜 일 없었어."

종수가 다시 시큰둥하게 대답했다.

"근데 왜 그래? 우리 종수답지 않게."

"괜찮아, 누나. 시험일이 가까워져서 신경이 쓰여서 그러는 거야."

"그러면 다행이고. 그래서 말이야, 종수아. 이따 공부 끝나고 누나랑 다시 만나자. 지난번 나랑 만난 빵집 있지? 거기에서 10시에 만나."

"왜 누나?"

종수가 궁금해서 물었다. 그러자 누나는 입가에 잔잔한 웃음을 지으며 대답했다.

"우리 종수가 공부하느라 수고가 많으니까 누나가 빵 사 주려고 그러지."

"정말, 누나?"

종수가 좀 전과 달리 활기찬 목소리로 물었다.
"이제 좀 기분이 풀렸니? 빵 사준다니까."
누나가 놀리듯 종수에게 살짝 눈을 흘겼다.
"아냐, 누나. 어, 학원 다 왔네. 누나, 어서 가. 이따가 학원 끝나면 만나."
종수가 학원 건물 계단을 오르며 누나에게 손을 흔들었다.
"그래. 종수야, 공부 열심히 해."
누나도 종수에게 손을 흔들어 주었다.

학원 강의가 끝나자마자 종수는 부리나케 누나와 만나기로 한 빵집으로 달려갔다. 빵집에 도착하여 문을 열고 들어가니 누나와 독사 형이 이야기를 나누고 있었다. 빵집 문을 열고 들어서서 숨을 몰아쉬는 종수를 보고 누나가 말했다.
"종수야, 어서 와. 좀 천천히 오지, 뭐가 그렇게 급하다고 숨이 차게 뛰어왔어?"
누나가 나무라듯 종수에게 말했다.
"공부하느라고 고생이 많다."
독사 형이 웃으며 종수를 반겼다.
"누나만 있는 줄 알았는데 형도 있네."

종수가 의자에 털썩 주저앉으며 어색한 표정을 지었다.

"왜 나는 있어서는 안 되냐?"

독사 형이 의미 있는 웃음을 지으며 종수를 바라보았다.

"아니요. 그게 아니구요……."

뒷머리를 긁적이며 종수가 말을 흐렸다.

"종수야, 배고프지? 빵 먹을래? 내가 너 좋아하는 빵으로 가져올게."

그러면서 누나는 의자에서 일어났다. 이윽고 잠시 후에 누나는 쟁반에 빵을 담아서 자리로 돌아왔다. 쟁반에는 종수가 좋아하는 단팥빵과 찹쌀 도넛 그리고 크림빵과 우유가 있었다.

"와, 많다! 누나, 나 혼자 이걸 어떻게 다 먹어?"

종수가 빵을 보고 눈이 휘둥그레졌다.

"너 요새 공부하느라 애 많이 쓰잖아. 그래서 누나가 특별히 생각해서 사주는 거니까 많이 먹고 남으면 싸 가지고 가."

누나가 얼굴 가득 웃음을 지으며 말했다.

"종수, 수지맞았구나. 종수를 생각하는 사람은 누나 밖에 없네."

독사 형이 흐뭇한 표정을 지으며 종수와 누나를 번갈아 보았다.

"종수야, 빵 먹으면서 들어. 평우 씨하고 너의 거취에 대해 이야기했거든. 그래서 말인데. 네가 형들하고 같이 생활하면서 공부하느라 힘들잖아."

누나가 말을 하다가 잠깐 말을 끊었다.

"누나, 나 하나도 안 힘들어."

빵과 우유를 급하게 먹던 종수가 건성으로 누나를 보고 말했다.

"야, 좀 천천히 먹어라. 누가 안 뺏어 먹는다."

꾸역꾸역 볼이 터지게 빵을 먹는 종수를 보고 독사 형이 말했다.

"아, 형. 형도 잡수세요."

멋쩍어져서 종수가 독사 형에게 빵을 먹으라고 권했다.

"너나 많이 먹고 지금 누나가 하는 말 잘 들어. 너를 생각해서 하는 말이니까."

"예, 알았습니다."

종수가 실실 웃으며 그 와중에도 너스레를 떨었다.

"얘는 참."

누나가 그런 종수를 보고 손으로 입을 가리고 웃었다.

"종수야, 너 석길이 형네로 옮기면 어떻겠니?"

종수는 빵을 한 입 베어 물다가 뜻밖의 누나 말에 먹던 행동을 멈추었다.

"어때, 종수야. 너도 좋지?"

독사 형이 혜련이 누나 대신 종수에게 의향을 물었다.

"아니에요. 전 지금 형들하고 사는 것이 좋아요."

종수가 예상 밖의 대답을 하였다. 좋아할 거라고 생각한 종수가 예상 밖의 반응을 보이자, 독사 형과 누나가 당황하는 빛을 보였다.

"왜 그래, 종수야? 거기 가서 생활하면 형수가 해주는 밥도 먹고 밤에 공부하는 데도 방해받지 않고 좋잖아."

"싫어요. 난 지금이 좋아요. 그냥 형들하고 있을래요."

종수가 완강하게 고개까지 흔들며 반대를 하였다. 독사 형은 그런 종수를 한참 바라보다가 다시 물었다.

"너 정말 석길이 형네로 옮기고 싶지 않아?"

"예……."

종수가 작은 소리로 대답했다.

"그러면 할 수 없네요. 혜련 씨, 종수가 원하는 대로 하죠."

종수는 누나와 독사 형이 자기를 생각해서 하는 말이라는 것을 알았다. 종수도 석길이 형네서 살면 좋다는 것을 알고 있었다. 거기서 살면 형수가 해주는 밥을 먹을 수 있고, 특별히 다른 일을 하지 않고 밤에는 공부만 할 수 있었다. 지금 형들과 살 때처럼 형들의 잔심부름과 밥과 빨래를 안 해도 되었다.

더군다나 종수를 툭하면 괴롭히고 욕하고 때리는 개남이로부터 벗어나서 좋았다. 그렇지만 종수는 편리함보다는 불편할 것이라는 생각이 먼저 들었다.

개남이는 자정이 넘어도 돌아오지 않았다. 그러자 종수는 은근히 걱정이 되었다. 보나마나 개남이는 분명히 못된 애들하고 어울려 나쁜 짓을 하리라는 생각이 들기 때문이었다. 성길이 형과 문수 형은 개남이가 늦게까지 안 들어오자 버릇을 고쳐 놓겠다고 잔뜩 벼르고 있었다.

새벽 한 시가 가까이 되어서야 개남이는 돌아왔다. 어디서 무슨 짓을 하고 왔는지 개남이는 얼굴이 불그레해 가지고 몸도 제대로 못 가누었다.

"잘한다. 야, 이 새끼야! 어딜 그렇게 쏘다니다가 이제야 기어들어 오냐?"

성길이 형이 들어오는 개남이를 보고 화가 머리끝까지 차올라 소리쳤다.

문수 형도 이맛살을 잔뜩 찌푸리며 개남이를 노려보았다. 종수는 오늘 밤 개남이가 무사히 넘어가지 못할 것이란 생각이 들었다. 종수로서도 개남이의 행동이 이해되지 않았다.

낮서부터 늦은 밤까지 어디서 무얼 하다가 지금 들어온단 말인가. 분별이 없는 행동을 해도 보통 분별이 없는 행동이 아니었다. 종수는 개남이가 형들에게 혼이 나도 싸다고 생각했다. 그렇지 않아도 오늘 밤 형들이 화내는 것으로 봐서 이번엔 그냥 건성으로 넘어갈 것 같지가 않았다.

"말 안 해, 이 새끼야! 너 낮부터 지금까지 어딜 그렇게 쏘다녔어? 이 새끼 그동안 땡땡이를 쳐도 눈감아 줬더니 이게 간땡이가 부어 가지고 눈에 뵈는 게 없어."

성길이 형이 개남이를 쏘아보며 계속 다그쳤다. 그래도 개남이는 가타부타 말이 없었다.

"말이 말 같지가 않아?"

말이 끝남과 동시에 성길이 형이 주먹으로 개남이의 배를 세게 한 대 때렸다. 그러자 개남이가 배를 부여잡고 허리를 수그렸다.

"엄살 부리지 마. 넌 오늘 맛을 좀 봐야 돼."

성길이 형의 주먹이 다시 개남이의 얼굴을 가격했다. 그러자 '퍽' 하는 소리와 함께 개남이가 얼굴을 부여잡고 모로 쓰러졌다. 그런 개남이의 몸을 성길이 형은 발로 찼다. 비명과 함께 개남이는 방바닥을 뒹굴었다.

"형, 이제 그만해요."

종수가 성길이 형의 앞을 가로막았다.

"넌 참견하지 말고 저리 가 있어. 이 자식 오늘 반쯤 죽여 놔야 해."

그러면서 성길이 형은 앞을 막아선 종수의 몸을 거칠게 옆으로 밀었다.

"일어나! 너 이 자식, 내가 오늘 낮에 너 때문에 얼마나 스팀이 올렸는지 알아? 근데 이 새끼야, 지금 들어와?"

말이 끝남과 동시에 다시 성길이 형은 발로 개남이의 배를 걷어찼다. 주춤거리며 일어나던 개남이는 다시금 벌러덩 방바닥으로 나가떨어졌다.

종수는 그런 개남이를 보자 덜컥 겁이 났다. 저러다 죽기라도 하면 어쩌나 하는 생각이 불쑥 들었다. 문수 형은 성길이 형을 말릴 생각도 없이 고소하다는 웃음을 지으며 바라보기만 했다. 성길이 형의 주먹과 발길질은 그치지를 않았다.

"형, 잘못했어요. 다시는 안 그럴게요."

개남이가 무릎을 꿇고 빌었다. 눈물과 코피가 뒤섞여 개남이의 얼굴은 말이 아니었다.

"너 이 자식. 내가 얼마나 참은 줄 알아? 내 오늘 너 들어오면 아주 죽여 버리려고 했어, 새끼야."

가쁜 숨을 내쉬며 성길이 형이 개남이를 노려보며 말했다.

그로부터 며칠 동안 개남이는 말 한마디 없이 지냈다. 오로지 구두 수집하는 일만 묵묵히 했다. 개남이로서는 예외적인 행동이었다. 얼굴에 난 멍 자국은 아직도 그날의 흔적을 고스란히 간직하고 있었다.

매타작을 한 날, 저녁에 와서 개남이의 몰골을 본 독사 형은 개남이를 때린 성길이 형을 호되게 꾸중하였다. 그러나 이 세계에 사는 사람들은 대부분이 그랬지만 형들 역시 말보다는 주먹이 앞섰다. 그래도 예전보다는 많이 나아진 것이 사실이다. 혜련이 누나를 만나고 누나로부터 영향을 받아 많이 욕설을 자제하고 수먹질을 자제했지만 그 버릇이 쉽게 고쳐지지 않았다.

종수는 개남이만 보면 괜히 조심스럽고 겁이 났다. 혹시 자기에게 해코지를 하지 않을까 하는 생각에서였다. 그러나 이상하게도 개남이는 종수를 소 닭 쳐다보듯 했다. 전 같으면 어림도 없는 행동이었다. 전에는 종수만 보면 괜히 건드리고 욕을 하고 툭하면 때렸다. 그런데 지난번 성길이 형에게 호되게 맞고 나서부터는 행동이 바뀐 것이었다.

종수의 일상은 변하지 않았다. 여전히 낮에는 찍쇠 일을 했고, 저녁에는 학원에 나가 검정고시 준비를 하였다. 검정고시 볼 날이 두 달여 밖에 안 남았다. 종수는 열심히 공부했다. 종수는 자기 자신을 위해서라기보다 합격을 하면 누나가 기뻐할 것을 생각해서 공부에 더 몰두했다.

피곤하여 공부를 하다 보면 졸음이 쏟아졌다. 종수는 졸음을 쫓으려 별짓을 다하였다. 화장실에 가서 찬물로 세수를 하기도 하고 허벅지를 꼬집기도 하였다. 그래도 몰려오는 졸음을 쫓기는 정말 힘들었다.

밤 10시가 되어 수업을 마치고 종수는 학원을 나왔다. 종수가 막 길을 건너려고 하였다. 그때 어두운 골목에서 개남이가 종수를 향해 슬슬 걸어왔다.

"종수야, 너 나 좀 보자."

어둠 속에서 개남이가 얼굴도 들지 않고 종수를 보고 말했다. 종수는 늦은 밤에 개남이가 자기를 기다렸다는 듯이 불쑥 나타나자 소름이 문득 돋았다. 그리고 평상시 같지 않게 개남이의 착 가라앉은 목소리도 낯설고 섬뜩하게 들렸다.

"형, 어쩐 일이야?"

종수가 무심하게 개남이를 보고 물었다.

"너한테 할 말이 있다. 따라와라."

종수의 물음에 대꾸도 않고 개남이는 자기 말만 툭 내뱉고 앞서 걸었다. 종수는 잠시 멈칫거리다가 개남이의 뒤를 따랐다. 개남이는 뒤도 돌아보지 않고 묵묵히 앞서 걸었다.

종수는 따라가면서도 은근히 겁이 나기 시작했다. 그대로 집으로 도망갈까 하는 생각이 문득 들었다. 그러나 그래서는 안 되겠다는 생각이 들었다. 죽기 아니면 까무러치기겠지 하는 오기가 발동하였다.

한참을 말없이 걷던 개남이가 인적이 뜸하고 집들이 떨어져 있는 공터에 이르자 발걸음을 멈추었다. 그 뒤를 잠자코 따르던 종수도 걸음을 멈추었다. 개남이와는 한 삼 미터 정도 떨어진 거리였다.

"너 왜 내가 너를 이리로 데려왔는지 아냐?"

어둠 속에서 유령처럼 개남이가 흐느적거리는 몸짓으로 말했다.

"……."

종수가 대답을 못하고 가만히 있었다. 그러자 개남이가 서서히 종수 앞으로 다가왔다. 종수는 자기도 모르게 뒷걸음질을 쳤다.

"가만있어! 너 종수, 이 새끼. 너 오늘 나한테 좀 맞아야겠어. 너 지난번 내가 형들한테 잘 말해달라고 그랬지? 그런데 너 이 새끼, 말은커녕 애들하고 어울려 다니며 나쁜 짓을 한다고 고자질했지?"

개남이가 제 앞에 있는 연약한 동물을 보고 이를 드러내는 늑대처럼 으르렁대었다. 종수는 소름이 쪽 돋았다. 이 자리를 빨리 벗어나야 된다는 생각이 퍼뜩 들었다. 그러나 이제 와서 어찌해 볼 도리가 없었다. 꼼짝없이 종수는 당할 수밖에 없는 상황이었다.

"왜 말을 못해? 할 말 있으면 해봐!"

개남이가 종수의 얼굴에 자기 얼굴을 바짝 들이밀며 소리를 질렀다.

"형, 나 형들한테 아무 말도 안 했어. 이러지 마."

종수가 한 발짝 뒤로 물러나며 개남이에게 애원하듯 말했다.

"뭐? 형들에게 아무 말도 안 했다고? 너 그날 성길이 새끼한테 나 죽도록 맞은 거 봤지? 나 그날 맞아 죽는 줄 알았어."

개남이가 종수를 올려보며 이죽거렸다.

"형, 정말야. 나 정말 형들한테 아무 말 안 했단 말이야."

종수가 애원하듯 말했다.

"너 그날 내가 맞은 거만큼 맞아야 돼. 난 그냥은 못 넘겨.

내가 오늘까지 얼마나 참은 줄 알아?"

그 말과 함께 개남이는 종수의 얼굴에 주먹을 날렸다. 넋을 놓고 있던 종수는 개남이의 주먹에 얼굴을 정통으로 맞았다. 눈에서 번쩍 별이 튀었다. 비명과 함께 종수가 얼굴을 부여잡았다. 통증과 함께 입 안에 피가 고였다. 종수는 침을 뱉었다. 희미한 가로등 불빛 속에서도 침에 피가 섞여 나온 것이 보였다.

"형, 이러지 마! 난 정말 형들한테 형에 대해 한마디도 안 했어."

종수가 울부짖었다.

"어, 그랬어? 눈물나게 고맙다, 자식아."

다시금 왼쪽 얼굴이 불에 덴 듯 화끈거렸다. 개남이의 주먹이 이번에는 왼쪽 얼굴을 호되게 가격하였다.

"어이구! 형, 그만해. 내가 정말, 헉!"

개남이의 발이 이번에는 종수의 등을 내리찍었다. 종수는 말을 하다가 등에 발이 찍히자 말이 안 나왔다. 숨이 콱 막혔다.

"억, 컥컥컥……."

종수가 고통으로 몸을 비틀었다. 그런 종수를 개남이가 잔인한 웃음을 지으며 내려다보았다.

"이 자식아, 엄살 부리지 마. 너 요새 혜련인가 하는 창녀 년이 싸고돌고 독사와 나머지 새끼들이 봐주니까 눈에 뵈는 게 없었지? 내 그동안 눈꼴시어 못 봐주었다."

"형…… 혀엉, 그러지 마……."

종수가 바닥에 쓰러진 채 개남이에게 손을 내밀며 애원했다.

"야, 이 새끼야. 뭘 그러지 마. 에잇!"

개남이가 쓰러져 있는 종수의 옆구리를 걷어찼다. 개남이의 우악스런 발길질에 옆구리를 채이자 종수는 벌러덩 뒤로 넘어갔다.

"새끼……."

개남이의 말소리가 가물가물 들리는 듯하였다. 그러다가 그 다음엔 아무 기억이 없었다.


"종수야, 종수야, 정신 차려. 나야, 누나가 왔어."

누나가 애타게 종수의 이름을 불렀다.

"아아아…… 누나,"

종수가 고통으로 얼굴을 찡그리며 누나를 불렀다.

"그래, 종수야. 이제 정신이 좀 드니?"

누나가 종수의 손을 잡고 얼굴을 들여다보며 물었다.

"······ 으으응."

종수가 힘없는 목소리로 모기 소리만 하게 대답했다.

"도대체 어쩌다가 이렇게 되었어?"

누나가 곧 울 듯한 표정을 지었다. 그때 독사 형이 병실 안으로 들어왔다. 누나가 안타까운 표정으로 독사 형을 돌아보았다. 독사 형은 굳은 얼굴로 종수와 누나를 바라보며 말했다.

"어젯밤 개남이 녀석이 종수를 끌고 가 그 짓을 했답니다. 종수가 자기를 형들에게 고자질을 했다고 생각한 모양입니다. 그래서 성길이에게 맞은 것에 대한 앙갚음으로 그런 거 같습니다. 개남이 녀석은 자기가 한 짓이 있어서 집에 들어오지 못하고 그날로 종적을 감추었습니다."

입술을 지그시 깨물며 독사 형이 말했다.

"어쩜 같이 사는 동생을 이렇게 무지막지하게 때린답니까. 개남 씨가 어떻게 그럴 수가 있어요? 종수는 어디를 얼마나 다쳤대요?"

"갈비뼈가 부러지고 장 파열이 일어났대요. 얼마 동안 병원에 입원해 있으면서 치료를 받아야 할 거예요."

독사 형이 누나의 눈치를 살피며 조심스럽게 말했다.

"종수야, 얼마나 아팠니?"

누나가 종수의 손을 부여잡고 울먹이며 말했다. 그런 누나의 눈에 눈물이 비쳤다. 그걸 보자 종수 역시 눈물이 나오려고 하였다. 종수는 눈물을 보일 것 같아 어금니를 꽉 물었다.

종수는 자기 자신과 약속했었다. 어떤 일이 있어도 울지 않으리라는 약속을. 그러나 개남이에게 아무 잘못도 없이 맞고 다쳐서 병원에 있자니 서러웠다. 종수는 개남이에게 맞을 짓을 전혀 하지 않았다. 그런데 무지막지하게 개남이에게 맞아 병원에 입원해 있다. 억울하기도 하고 그런 수모를 당해야 하는 자신의 처지가 서러웠다.

"누나, 울지 마. 나 괜찮아."

종수가 되레 누나를 위로했다. 종수의 말에 누나는 손수건으로 눈물을 찍어내었다.

"그래, 종수야. 미안하다. 누나가 눈물을 보여서. 평우 씨, 죄송해요. 제가 주책없이 굴어서요."

누나가 옆에 묵묵히 서 있는 독사 형에게 사과의 말을 했다.

"괜찮습니다. 그리고 너무 걱정하지 마세요. 종수는 잘 치료될 거예요. 충분히 치료를 받고 퇴원을 하도록 제가 조치를 하겠습니다."

독사 형이 누나를 안심시키기 위하여 말했다.

"그리고 종수야, 너도 아무 걱정하지 말고 치료 잘 받도록 해라. 너 아무튼 남자로서의 자격이 있다. 아주 장하다. 종수 이 형이 다시 보았다."

독사 형이 종수의 무엇을 보고 그런 말을 하는지 몰랐지만, 독사 형은 대견하다는 듯이 침대에 누워 있는 종수를 내려다보았다.

그날 밤, 종수는 정신을 잃고 길거리에 쓰러져 있었던 것이다. 종수를 때린 개남이는 종수를 내버려두고 도망쳐 버렸다. 종수는 마침 지나가는 사람에게 발견되어 병원에 옮겨지게 되었고 독사 형에게 연락이 되었다.

독사 형에게 연락을 받고 달려온 성길이 형과 문수 형은 종수의 몰골을 보고 방방 뛰었다.

"네 이 새끼 잡히기만 해봐라. 그냥 두나. 아주 작살을 내 버리겠어."

"아무튼 이 새끼 이 바닥에서 굴러먹는 한 눈에 띌 테니까, 내 눈에 띄기만 하면 아주 그날로 곧장 보내 버릴 거야."

성길이 형은 입에 게거품을 물며 개남이를 잡으면 곧 죽일 듯이 분에 못 이겨 방방 뛰었다. 문수 형도 맞장구를 치며 개남이에게 욕설을 퍼부었다.

누나는 병원에 날마다 와서 종수의 간호를 하였다. 독사 형도 날마다 들렀고 올 때마다 먹을 것을 사들고 왔다. 석길이 형과 형수, 성길이 형, 문수 형도 일이 끝나면 병원에 들러 종수를 보고 갔다.

종수는 모처럼 휴식을 취하였다. 떡 본 김에 제사 지내고, 원님 덕에 나팔 분다고 바로 그런 격이었다. 갈비뼈가 부러진 것은 시간이 지나 뼈가 굳으면 될 것이지만, 장이 파열된 것은 아프기도 하지만 음식 먹는 데에 지장이 있었다.

누나는 종수가 음식을 잘 먹도록 특별히 신경을 써서 집에서 미음을 쑤어 왔고, 과일을 먹기 좋도록 즙을 내어 먹였다.

"누나, 다쳐서 병원에 입원할 만한데. 히히히."

종수가 누나가 떠먹여 주는 미음을 먹으며 샐샐 웃으며 말했다.

"근데 얘가, 무슨 말을 하는 거야? 농담으로도 그런 말 하지 마."

누나가 그런 종수를 보고 눈을 흘기며 말했다.

"그렇잖아. 병원에 있으니까 누나가 옆에서 간호도 해주고, 형들도 날마다 와서 날 걱정해 주니 얼마나 좋아. 그렇지, 누나?"

종수가 계속 장난을 치며 철없는 말을 했다.

"종수야, 누나가 네 옆에 있으니까 좋니?"

누나가 종수를 보고 웃음을 지으며 물었다.

"좋지, 그럼. 내가 언제 이런 대접을 받아 봤나."

"그래도 이제 두 번 다시 다쳐서는 안 돼. 그러나저러나 병원에 입원해 있어 공부를 못해서 걱정이구나."

누나가 가벼이 한숨을 쉬며 혼잣말처럼 중얼거렸다. 그 말을 듣자 종수도 걱정이 되긴 하였다. 검정고시 볼 날도 얼마 안 남았는데 이렇게 병원에 입원해 있으니 말이었다.

근 이십여 일을 종수는 병원에 입원해 있었다. 뼈 부러진 것은 붙었고 장 파열도 어느 정도 치료기 되있다. 그렇지만 완전히 나을 때까지 음식물을 조심하고 힘든 일을 하지 않아야 했다. 퇴원을 하고 종수는 병원을 다니며 치료를 받았다. 종수는 빨리 일도 하고 학원도 나가고 싶었다. 찍쇠 일을 하는 개남이와 종수가 빠져 찍쇠 일은 문수 형이 대신하였다. 무엇보다 형들에게 미안했다. 특히 성길이 형과 문수 형에게 미안했고 독사 형은 정말 고마웠다.

독사 형은 종수의 치료비를 다 치렀다. 누나는 날마다 종수에게 와서 간호를 하였다. 친누나라도 그렇게는 못할 일이었다. 종수는 자기 몸이 완전히 나으면 더 열심히 일하고 공부해서 형들과 누나에게 진 신세를 갚으리라 마음먹었다. 병원에 들러 주사를 맞고 가는 길에 종수는 형들이 있는 구두닦이 부스로 갔다.

"형, 성길이 형!"

종수가 성길이 형을 보고 큰소리로 불렀다. 성길이 형은 구두를 닦고 있다가 자기를 부르는 소리에 고개를 들고 종수에게 얼굴을 돌렸다.

"야, 인마. 집에 안 가고 왜 이리 오는 거야?"

"병원 갔다가 궁금해서 들렀어요."

종수가 부스로 가까이 다가가며 대답했다.

"병원에 갔었다구?"

"예. 석길이 형 안녕하세요?"

대답을 하고, 종수는 부스 안에서 구두를 깁고 있는 석길이 형에게 인사를 했다.

"어버, 어버버, 어버."

석길이 형이 뭐라고 손짓을 하며 종수를 보고 반가워했다.

"예, 형. 저 이제 다 나았어요. 내일부터 나와서 일할게요."

종수가 씩 웃음을 지으며 석길이 형에게 말했다.

"야, 인마. 안 돼. 다 나으면 일해야지. 다 낫지도 않았는데 일하다가 상처가 도지면 큰일 나."

성길이 형이 종수의 말에 정색을 했다.

"형, 괜찮아요. 이제 다 나았다니까요. 문수 형 찍쇠 하러 갔어요?"

"그래. 요새 문수가 뺑이 친다."

"형, 이왕 여기 온 김에 나도 찍쇠 좀 할까?"

종수가 성길이 형에게 미안한 마음이 들어 말했다. 그러자 성길이 형은 무슨 말을 하느냐는 듯

"인마, 잔소리 말고 빨리 집에 가서 쉬어. 네가 찍쇠 안 해도 얼마든지 닭을 구두는 많이 있으니까. 빨리 여기 있지 말고 들어가."

종수를 보고 명령하듯 말했다.

부스 안에 있는 석길이 형도 성길이 형의 말에 동조하여 종수에게 어서 들어가라고 손짓을 하였다.

## 8. 사랑, 그 사랑은 아름답네

걱정했던 일이 현실로 나타났다. 검정고시에 종수는 불합격했다. 공부를 늦게 시작한 것이 원인이었지만, 시험이 임박해서 근 이십 여 일을 입원해 있었던 것도 시험에 영향을 미쳤다고 할 수 있었다. 무슨 시험이든 떨어지는 것은 서운한 법이다. 종수는 합격자 명단에 자기 이름이 없자 속상하고 서운했다. 게시판에서 눈을 뗀 종수의 눈에 눈물이 핑 돌았다.

누구보다 누나와 형들 보기가 미안하고 죄송스러웠다. 당당하게 합격을 하여 누나와 형들을 기쁘게 해주려고 했는데 그러지 못하게 되어 정말 속이 상했다.

"종수야, 너무 실망하지 마. 기회는 또 있잖아."

누나가 종수의 어깨를 감싸며 위로의 말을 했다.

"누나, 미안해. 꼭 합격해서 누나를 기쁘게 해주려고 했는데……."

종수가 울음이 나오려는 것을 꾹 참으며 다음 말을 잇지 못했다.

"미안하긴. 열심히 공부해서 다음에 합격하면 되잖아. 자, 가자. 평우 씨가 기다린다."

누나가 종수의 손을 잡아끌었다.

"누나, 독사 형한테 가는 거야?"

종수가 물었다.

"그래. 평우 씨가 너 시험 발표 보고 나서 같이 만나자고 했어."

"시험에 떨어져서 창피한데……."

종수가 뒷머리를 긁적거리며 말했다.

"괜찮다니까 그러네. 시험이란 붙기도 하고 떨어지기도 하는 거야. 다 붙으면 시험이 아니잖아."

누나가 종수를 돌아보며 다시 또 위로의 말을 했다.

누나가 종수를 데리고 간 곳은 식당이었다. 간판을 보니 '대왕 갈비'라고 쓰여 있었다.

"누나, 여긴 식당인데."

종수가 간판을 가리키며 말했다.

"응, 식당이야. 점심때니까 밥을 먹어야지. 평우 씨가 특별히 너 고기 사준다고 여기로 데리고 오라고 했어. 너 돼지갈비 좋아하지?"

누나가 웃음을 지으며 종수를 바라보았다. 종수는 시험에 떨어져 위축이 된 터라, 독사 형을 만나기가 껄끄러웠다. 합격을 해서 자랑스런 마음으로 식당에 들어간다면 얼마나 좋을까. 그런데 누나와 독사 형은 종수의 그런 기분과는 상관없이 아무렇지 않게 대해 주니 몸 둘 바를 몰랐다.

"종수야, 어서 와라. 혜련 씨 어서 오세요."

독사 형이 두 사람을 보고 손을 흔들었다.

"일찍 나오셨어요?"

누나가 독사 형에게 잔잔한 웃음을 지었다.

"저도 방금 왔어요. 종수, 너 시험 보느라고 수고했다. 자, 앉아라."

독사 형이 자리를 가리키며 말했다.

"예……."

종수가 기어들어가는 목소리로 대답하고 형이 가리킨 자리에 앉았다.

"종수, 너 시험 떨어졌다고 기죽은 거야? 인마, 그런 거 갖고 기죽으면 안 돼. 내년에 잘 봐서 합격하면 되잖아. 안 그래요, 혜련 씨?"

독사 형이 누나를 돌아보며 동의를 구하였다.

"그럼요. 내년에 아마 우리 종수 꼭 합격할 거예요."

누나가 종수를 바라보고 자신감을 심어주듯 힘주어 대답했다. 종수는 누나와 독사 형이 자기를 위로해 주려고 이런 자리를 마련했다는 것을 알았다. 세심하게 마음을 쓰는 누나와 형이 너무 고마웠다. 종수는 그러면서 내년에는 꼭 시험에 합격하여 누나와 형들을 기쁘게 해줘야겠다고 다짐했다.

"종수야, 너 먹고 싶을 만큼 실컷 먹어라."

독사 형이 종수를 보고 말했다.

"예."

종수가 작은 소리로 대답하였다.

식사를 마치고 세 사람은 식당을 나왔다. 여름이 한창인 8월이라 날씨가 아주 더웠다. 냉방이 잘된 식당에서 밖으로 나오자 뜨거운 열기가 몸에 확 달려들었다.

"어, 날씨 덥다."

독사 형이 하늘을 쳐다보며 혼잣말 하듯 말하고 선글라스를 꺼내 썼다. 누나는 양산을 펴 들었다.

"종수야, 더우니까 누나한테 가까이 와."

누나가 종수의 손을 잡아당기며 말했다.

"우리 모처럼 동대문이나 한번 갈까요? 황학동 도깨비 시장과 의류 상가를 구경하는 것도 재미있을 겁니다."

독사 형이 누나를 돌아보며 말했다.

"그럴까요. 종수야, 너도 괜찮지?"

누나가 종수를 돌아보며 물었다.

"난 그만 가서 일해야 하는데……."

종수가 망설거렸다.

"하하, 녀석. 오늘은 일 안 해도 돼. 일 걱정은 말고 따라와."

독사 형이 종수의 마음을 다 안다는 듯 호기롭게 말했다.

세 사람은 청계천에 있는 황학동 도깨비 시장을 가기 위해 택시를 탔다. 택시 안은 에어컨 바람이 나와 시원했다.

"아, 시원하다. 그저 여름에는 차 안이나 건물 안이 제일 시원하다니까. 기사 아저씨, 청계천으로 가십시다."

독사 형이 택시 기사에게 행선지를 말했다.

황학동 벼룩시장은 별천지였다. 별 희한한 물건들이 다 있었다. 옛날부터 현재에 이르기까지 없는 것 빼놓고 그야말로 다 있었다. 사람들도 많고 상인들도 많고 복잡하기 이를 데 없는 이곳은 사실 종수가 일하는 청량리에서 멀지 않은 곳이었다.

"저거 봐요. 참 재미있는 물건이에요."

누나가 여기저기 늘어서 있는 물건 중에 하나를 가리키며 말했다.

"뭡니까? 뭐가 그렇게 재미있는 물건입니까?"

독사 형이 호기심을 나타내며 물었다.

"저기 인형같이 생긴 거 말이에요. 저게 아마 토우라는 거죠. 아저씨, 저거 토우 맞죠?"

누나가 밀짚모자를 눌러쓴 상인에게 물었다.

"예, 맞습니다. 이거 아주 오래된 겁니다. 귀한 건데 사세요."

상인이 누나가 가리킨 것을 사라고 권유했다.

"누나, 토우란 게 뭐야?"

종수가 궁금해서 누나에게 물었다.

토우라는 것은 흙으로 아무렇게나 주물러서 만든 것 같았다. 독사 형도 흥미가 생기는지 쪼그려 앉아 토우를 들고 이모저모 살펴보고 있었다.

"응, 토우란 흙으로 빚어 만든 사람이나 동물의 형상을 말하는 거야."

"이거 장난감인가?"

종수가 토우를 유심히 보며 다시 물었다.

"장난감은 아니고 간혹 사람이 죽으면 죽은 사람과 함께 이런 것을 묻었어."

"그럼, 이거 무덤에서 나온 거네?"

종수가 누나의 말에 흠칫 놀라 한 발짝 뒤로 물러났다.

"왜, 무덤에서 나왔다니까 꺼림칙해? 괜찮아. 다 무덤에서 나오는 것만은 아냐."

누나가 놀라시 물러시는 종수를 보고 웃으며 말했다.

"아가씨, 잘 아시네."

밀짚모자를 눌러쓴 상인이 누나를 보고 말했다.

"이건 정말 이상하게 생겼네? 누나, 저거 봐."

종수가 여러 토우 중에 하나를 가리키며 얼굴을 붉혔다. 종수가 가리킨 토우는 정말 얼핏 보기에도 낯이 붉어지는 토우였다. 토우는 남녀가 사랑을 나누는 장면을 사실적이고 해학적으로 표현해 놓은 작품이었다.

"하하하, 이거 종수 보면 안 되는 건데……."

독사 형이 겸연쩍게 웃으며 누나를 돌아보았다.

"아이, 정말 그러네요. 그런데 이건 정말 오래된 거 같은데요?"

누나가 얼핏 상인이 들으라는 듯이 말했다.

"잘 보셨어요. 이거는 정말 오래된 겁니다. 삼국시대 신라 때 거니까요."

"그런데 어떻게 이런 것이 이런 데까지 나왔을까요? 이런 거는 유물로서도 역사적 가치가 있을 거 같은 데요."

누나가 관심 있게 토우를 살펴보며 상인에게 물었다.

"나도 잘 모르지요. 우리나라에서는 도자기나 그림, 글씨나 가치 있게 보지, 이런 흙덩이로 만든 것들은 그렇게 값어치 있게 보지를 않잖아요."

상인이 누나의 말에 대수롭지 않게 대답했다.

"그럼 아저씨, 이거 얼마나 됩니까?"

조용히 두 사람의 이야기를 듣고 있던 독사 형이 상인에게 가격을 물었다.

"사시게요. 사신다면 잘 해서 드리죠."

"혜련 씨, 이거 살까요?"

독사 형이 누나를 돌아보며 물었다.

"…… 아니에요. 이건 놔두고요. 이거나 하나 샀으면 좋겠어요."

누나가 개구리 형상의 토우를 가리키며 말했다.

"아니, 저것이 귀하고 역사적 가치도 있다면서요?"

독사 형이 의아한 얼굴로 누나를 바라보았다.

8. 사랑, 그 사랑은 아름답네 177

"예, 그건 그런데요. 제가 볼 때 그거 임자는 따로 있을 거 같아요. 이걸로 그냥 사죠."

개구리 형상의 토우를 집으며 누나가 말했다. 누나의 뜻대로 누나가 고른 토우를 샀다. 토우를 산 세 사람은 황학동을 마저 구경하고 의류상가 쪽으로 발길을 옮겼다.

"덥죠? 우리 저기 가서 시원한 팥빙수나 한 그릇씩 먹을까요?"

독사 형이 제과점을 가리키며 말했다.

"그러죠. 종수야, 팥빙수 한 그릇 먹고 가자."

누나가 종수를 돌아보며 말했다. 시원하게 냉방이 되는 제과점 안에 들어가니 다른 세계에 온 것 같았다. 바깥과 안이 이렇게 다를 수가 없었다. 열대와 한대의 차이였다. 그런데다 차가운 팥빙수를 먹으니 온몸이 다 얼어붙듯 시원했다. 종수는 팥빙수를 맛있게 먹었다. 누나가 자기 몫의 그릇에서 팥빙수를 덜어 종수 그릇에 담아 주었다.

"누나 먹어."

연신 팥빙수를 퍼서 입으로 가져가던 종수가 말했다.

"난 많아. 종수 너나 많이 먹어."

누나가 종수를 바라보며 힘없이 웃었다. 그러고 보니 누나는 더위도 안 타는지 땀도 거의 나지 않았다. 사람마다 체질이 다르니까 같은 더위라도 더 타고 덜 타는 경우는 있을 것이다. 그러나 누나의 경우는 좀 다른 것 같았다.

사람의 체질이라는 것이 다르다 할지라도 그렇게 크게 차이는 안 날 것이다. 그런 면에서 누나는 별나다고 할 수 있었다. 음식 먹는 것도 그랬다. 먹는 양이 너무 적었다. 저걸 먹고 어떻게 살아갈까 할 정도로 적게 먹었다.

"어, 개남이 형이다!"

종수가 팥빙수를 먹다가 갑자기 소리를 지르며 손가락으로 밖을 가리켰다. 종수의 말에 누나와 독사 형이 바깥을 보았다. 사람들 속에 섞여 개남이가 어딘가로 가고 있었다.

"나 잠깐 나갔다 올게요."

종수는 그러고는 부리나케 뛰어나갔다. 두 사람이 말리고 자시고 할 사이도 없었다.

"형! 개남이 형!"

종수가 뛰어가며 개남이를 불렀다. 통유리로 되어 있어 바깥 풍경을 안에서도 훤히 볼 수 있었다. 누나와 독사 형이 개남이에게 뛰어가는 종수를 줄곧 바라보았다.

"형! 개남이 형!"

이름을 부르며 뛰어오는 종수를 발견한 개남이가 걸음을 멈칫했다. 그러나 그것도 잠깐, 종수가 다가오자 걸음에 속도를 내기 시작했다.

"형, 나야. 개남이 형!"

종수가 계속 이름을 부르며 쫓아갔다. 그러나 개남이는 곧바로 사람들 속에 묻혀 어딘가로 사라져 버렸다. 종수는 한참을 개남이가 사라진 쪽을 바라보다가 발길을 돌렸다.

"어떻게 됐냐?"

종수가 돌아오는 것을 보고 독사 형이 물었다.

"날 보더니 막 도망을 갔어요. 그래서 못 만났어요."

자리에 앉으며 종수가 아쉬운 표정을 지었다.

"됐다. 그런 놈은 만날 필요가 없다. 널 그렇게 무지막지하게 때린 놈을 뭐하러 만나려고 그러냐."

"개남 씨는 지금 어디에서 뭘 하고 있을까요?"

누나가 독사 형을 돌아보며 물었다.

"그런 놈이 어디서 무얼 하겠어요. 양아치 짓이나 어디 가서 못된 놈들 똘마니 노릇이나 하겠지요."

독사 형이 화가 나는지 이마에 주름을 지으며 말했다.

"형들하고 잘 있었으면 좋으련만. 종수하고 같이 공부하면서 말이에요."

누나가 계속 안타까운 듯이 말했다.

"종수야, 넌 뭐가 반갑다고 그런 놈을 만나러 뛰어나가

냐?"

독사 형이 말없이 앉아 있는 종수에게 물었다.

"우리랑 같이 살던 형이었잖아요."

종수는 개남이에게 맞아 갈비뼈가 부러지고 장 파열이 일어났건만, 그런 건 생각조차 않는 듯하였다.

"자식……."

독사 형이 그런 종수를 바라보고 입가에 엷은 웃음을 지었다. 종수 옆에 앉은 누나도 그런 종수를 따듯한 눈길로 바라보며 어깨를 감싸주었다.


"야, 찍쇠. 너 잠깐 나 좀 보고 가라."

구두를 수집하여 밖으로 나오려는 종수를 카운터의 여자가 불렀다. 종수는 카운터 여자가 이제까지 자기를 따로 부른 일도 없었지만, 이름 놔두고 찍쇠라고 부르는 데에 기분이 확 나빴다.

"왜요?"

종수가 언짢은 표정을 지으며 볼멘소리로 대답했다. 가는 말이 고와야 오는 말이 곱다는 속담이 있듯이, 오는 말이 곱지 않으니 자연히 종수의 말도 퉁명스러웠다.

"근데 이게. 어른이 부르면 네 하고 올 것이지 왜요가 뭐야?"

카운터 여자가 곱지 않은 눈길로 종수를 윽박질렀다.

"……."

종수는 아무 대꾸도 않고 카운터 앞으로 갔다.

"야, 다른 게 아니고. 너네 왕초 독사 있지? 요새 연애하지?"

카운터 여자가 다 알고 있다는 듯이 묘한 미소를 지으며 물었다.

"연애요? 근데 그건 왜 물어요?"

종수가 언짢은 표정으로 여자를 쳐다보았다.

"둘이 잘 돼 가고 있나 궁금해서 그런다."

카운터 여자가 입을 삐쭉이며 빈정거리듯 말했다.

"그럼 잘 돼 가고 있죠. 우리 혜련이 누나가 얼마나 예쁘고 착한 누나인데요. 우리 독사 형은 의리 있고 멋있고 주먹도 최고구요."

"누나가 예쁘고 착해? 야, 그 여자 여기 588에서 그거 하는 여자 아냐?"

카운터 여자가 고갯짓으로 방향을 가리키며 계속 빈정대었다.

종수는 카운터 여자의 말에 은근히 부아가 났다. 자기는 뭐가 잘났다고 누나를 비웃는 건지 알 수가 없었다. 종수가 볼 때 카운터 여자는 누나하고 비교 자체가 안 된다고 생각하였다.

"그래, 독사는 뭐가 아쉽다고 그런 여자를 사귀대. 참 알다가도 모르겠다. 아, 그것도 제 눈에 안경인가?"

혼잣말처럼 여자는 중얼거렸다.

"누나, 그런 말 하지 마세요. 우리 혜련이 누나가 얼마나 좋은데요. 얼굴도 예쁘고 마음씨도 착하고 똑똑하고요."

기분이 나빠진 종수가 카운터 여자에게 따지듯이 말했다.

"아쭈, 요게 그래도 팔은 안으로 굽는다고 편드네. 야, 꼬마야. 너도 그런 여자 좋아하면 안 돼. 그리고……."

충고하듯 말하는데 마침 그때 손님이 커피 값을 계산하러 오는 바람에 말이 끊어졌다.

종수는 여기에 더 있어 봤자 좋을 게 하나도 없을 거라는 생각이 들었다. 이런 여자하고 이야기해봤자 시간 낭비일 뿐이었다. 종수는 이 여자야말로 정말로 한심한 여자라는 생각이 들었다.

날마다 카운터에 앉아 껌을 짝짝 씹으면서 손톱 손질이나 하는 것이 카운터 여자였다. 그런 사람이 누나를 비웃고 흉보다니 말도 안 되었다. 그야말로 자기 주제도 모르는 한심한 사람이었다.

"누나, 나 그만 갈게요. 바빠서요."

종수는 그렇게 말하고 도망치듯 그 자리를 빠져나왔다. 그러나 밖으로 나온 종수는 생각할수록 기분이 나빴다. 자기가 뭐 잘났다고 남을 그것도 종수가 가장 좋아하는 누나를 비웃고 욕한단 말인가.

# 9. 누나를 찾는 사람들

누나는 독사 형을 만나고 얼마 지나지 않아 남자를 상대로 하는 일을 그만두었다. 그 대신에 누나는 다른 일을 시작하였다. 누나가 시작한 일이란 이 지역을 대상으로 일하는 어느 목사님을 도와 이곳 여자들의 인권과 복지를 위한 일이었다.

누나가 있는 곳은 여러 가지로 문제가 많은 데였다. 특히 남자들을 상대로 하는 일이라 크고 작은 문제가 하루에도 수도 없이 많이 일어났다. 인권과 복지뿐만 아니라 위생과 건강 면에서도 문제가 많았고 그러다보니 해결해야 할 일도 많았다.

누나는 이곳에서 일을 했었기 때문에 이곳의 문제를 누구보다도 잘 알고 있었다. 그래서 이곳 여자들의 인권과 복지를 위해 일하려는 목사님으로서도 누나의 동참은 큰 도움이 아닐 수가 없었다.

  그런데 문제가 있었다. 누나가 하던 일을 그만두고 사창가 여자들의 인권과 복지에 관계된 일을 시작하자 곤란한 일이 일어났던 것이다. 그건 다른 것이 아니라, 누구보다 이곳 포주들의 반발이 심했다. 반발이 심할 뿐만 아니라 그 일을 그만두라고 노골적으로 협박까지 했다. 그래도 누나가 말을 듣지 않자 나중에는 위협까지 하였다. 그중 누나가 몸담고 있었던 집의 포주 할머니는 한층 더 심하게 누나를 닦달하고 욕하고 비난하였다.

  "흥, 인권 좋아하네. 지가 언제부터 인권을 들먹거렸다고 지랄이야, 지랄이. 별 시답지 않은 것 다 보겠네. 저, 저것이 여기 올 때부터 내가 미덥지 않았는데 기어코 말썽을 부리는구먼."

  포주 할머니는 그러면서 앞장서서 누나와 목사님을 욕하고 하는 일을 방해하였다. 그러나 누나와 목사님은 포주 할머니와 다른 포주들의 반대에도 불구하고 일을 하였다. 누나가 하는 일은 여러 가지였다. 먼저 이곳 여자들의 인적 사항을 정확히 파악하고 어떻게 해서 이 일을 하게 되었는지, 또

한 그들이 이곳 포주들로부터 부당한 처우를 받는 경우가 있는가 없는가를 조사하고 그 현황을 파악하는 일이었다. 이렇게 해서 데이터가 모이면 자료를 만들었다. 그밖에 부당한 일이 있으면 그것을 시정하기 위해 관계 기관을 찾아가 시정을 위해 노력하는 것이었다.

누나와 목사님이 하는 일은 포주들의 이해관계와 직접적으로 관련이 있었다. 그러다 보니 날이 갈수록 포주들의 반발이 예상 밖으로 심하였다. 독사 형은 누나가 남자들을 상대로 하는 일을 그만두었을 때 누구보다 환영하였다. 그러나 누나가 포주들이 반대하는 일을 굳이 하려고 하자 그 일만은 탐탁해 하지 않았다. 그러자 누나는 독사 형에게 자기가 왜 그 일을 하며 그 일을 왜 하여야 하는가를 차분하게 설명하였다.

"잘 알겠는데요. 굳이 그 일을 혜련 씨가 해야 하겠습니까? 이곳 포주들의 반발도 심하고 그 일이 보통 힘든 일이 아니잖습니까?"

누나의 말을 듣고 수긍은 하면서도 독사 형은 걱정을 하였다.

"이 일은 내가 아니라도 누군가는 해야 할 일이에요. 저는 이 일을 내가 해야 한다고 생각합니다. 나는 이곳에서 있어

봤기 때문에 누구보다 이곳 사정을 잘 알고 있어요. 그동안 난 이곳에서 일을 하면서 이곳 여자들이 부당한 대우를 받아도 누구한테 하소연 한번 하지 못하고 그 부당함을 견디는 것을 봤어요. 그런 데다 남자들을 상대로 일을 한다는 것 하나로 얼마나 무시당하고 인권이 침해당하는지도 똑똑히 보았고요. 아마 평우 씨는 상상도 못하실 거예요. 그런데 나에게 바로 이 일을 할 수 있는 기회가 왔어요. 그래서 하는 거예요."

누나가 차분하지만 결의에 찬 목소리로 말했다.

"혜련 씨의 뜻이 정 그렇다면 그 일을 해야지요. 그러나 그 일이 순탄치가 않을 겁니다. 내가 염려하는 것은 혜련 씨가 그걸 감당하기에 무리가 안 될지 모르겠다는 겁니다."

여전히 독사 형은 누나가 염려되는 모양이었다. 그건 종수의 생각도 마찬가지였다. 종수 역시 누나가 남자를 상대로 하는 일을 그만둔 것을 무엇보다 찬성하였다. 하지만 누나가 또 다른 힘든 일을 한다는 것이 걱정되었다.

누나가 다른 일을 하였지만 그 지역을 떠나서 하는 것은 아니었다. 누나는 낮에는 이곳 여자들의 빨래나 허드렛일을 했다. 그런 대가로 얼마간의 수고비를 받았다. 그리고 그 외의 시간에는 여자들을 찾아다니며 애로사항을 듣고 또 묻기도 하면서 나름대로 기록을 했다.

하루는 종수가 노트에다 뭔가를 잔뜩 기록하는 누나를 보고 궁금해서 물었다.

"누나, 뭘 그렇게 노트에다 적어?"

"으응, 여기서 생활하는 사람들의 신상 기록과 어떻게 해서 이곳으로 왔는가 하는 거하고, 건강 문제와 혹시 이곳에서 부당한 대우는 받고 있지 않나 하는 것을 기록하는 거야."

"그런 건 왜 기록해?"

종수가 궁금해서 질문을 계속했다.

"기록을 해서 근거를 남기고 또 자료로 쓰기 위해서야. 그리고 이걸 바탕으로 관계 기관에 진정을 하고 일 처리를 부탁하는 거야."

"그렇구나. 누나, 그런데 누나가 그 일 한다고 이곳의 많은 사람들이 누나를 욕하고 그래. 특히 누나가 있었던 집 악질 할머니 있지? 그 할머니는 만나는 사람마다 누나를 욕하고 목사님과 그렇고 그런 사이라면서 당장 이곳에서 쫓아내야 한다고 그랬어."

종수가 누나에게 주위에서 들은 말을 알려주었다.

"종수야, 그런 말 듣거든 한 귀로 듣고 한 귀로 흘려버려. 누나한테 일부러 말할 필요 없어. 알았지?"

종수의 말에 누나가 아무렇지도 않다는 듯이 말했다.

"알았어. 그런데 누나, 누나는 그런 말 들어도 기분 나쁘지 않아?"

"기분? 물론 그런 말 들으면 기분 안 좋지. 그렇지만 그런 거에 일일이 신경을 쓰다가는 아무 일도 못해. 난 누가 뭐래도 내가 옳다고 하는 일을 할 거야."

누나가 결의에 찬 얼굴로 말했다. 종수는 그런 누나의 모습에 다른 말을 할 수가 없었다.

그로부터 며칠이 지난 어느 날이었다. 종수는 학원에서 집으로 돌아가는 길이었다. 도로를 건너고 동네의 골목길을 들어서려는데, 웬 낯선 사람이 불쑥 나와 종수의 앞을 막아섰다.

"야, 꼬마야. 잠깐 나 좀 보자."

"어, 깜짝이야. 누구세요?"

어둠 속에서 눈을 가늘게 뜨고 종수는 앞을 막아선 사람을 살펴보았다.

"네가 종수라는 애냐?"

앞을 막아선 사람은 종수의 물음에는 아랑곳없이 도리어 종수에게 질문을 했다.

"예, 그런데요."

종수가 대답을 하고 가로등 불빛에 비친 사람의 얼굴을 힐끗 살펴보았다. 종수가 처음 보는 사람이었다.

"그런데 왜 저를 찾으세요?"

"너한테 몇 가지 물어볼 것이 있어서 그러는데 묻는 대로 대답을 해라."

앞을 막아선 사람이 명령조로 말했다.

종수는 은근히 기분이 나빴다. 어둠 속에서 자기를 기다렸다는 듯 불쑥 튀어나와 길을 막고 물어보는 것도 기분 나빴고, 어른이라고 명령조로 말하는 것도 심사가 뒤틀렸다.

"아저씨는 누구신데 저한테 뭘 물어보시겠다는 거예요?"

종수가 언짢은 표정으로 시큰둥하게 말했다.

"너 588에서 일하던 혜련이라는 여자 알고 있지?"

"…… 혜련이 누나요? 그런데 그건 왜 물어요?"

"자식, 왜, 그 여자에 대해 물으니까 기분 나쁘냐? 너 그 여자하고 아주 친하지?"

앞을 막아선 사람이 어둠 속에서 기분 나쁘게 이를 내보이며 물었다.

"친하건 말건 그게 아저씨하고 무슨 상관이에요. 그리고 아저씨는 누구신데 우리 누나에 대해 물으시는 거예요?"

"꼬마야, 너 이 바닥에서 굴러먹어서 겁이 없구나. 너 내가 뭐하는 사람인지 모르지?"

앞을 막아선 사람이 실실 웃으며 종수를 내려다보았다.

"몰라요. 저 집에 가게 비키세요."

종수가 화가 난 목소리로 말하고 앞을 막아선 사람을 비켜 지나가려 하였다.

"야, 이 꼬마야. 내 말 아직 안 끝났어. 이 자식이 버릇없이 어른이 말도 안 끝났는데 가려고 해."

그러면서 우악스럽게 종수의 뒷덜미를 낚아챘다.

"아저씨, 왜 그러세요?"

종수가 울상을 지으며 소리쳤다.

"이 자식이 어디서 소리를 질러. 좋게 말할 때 내가 묻는 말에 대답을 해라. 혜련이라는 창녀 계집애 어디서 살고 있냐?"

"몰라요."

"몰라? 이 자식 이거 말로 해서는 안 되겠군. 너 맞을래?"

어둠 속 남자가 인상을 쓰며 주먹을 들어보였다.

"아저씨, 왜 그러세요?"

"야, 이 꼬마야. 네가 누나라고 하는 창녀 계집애가 살고 있는 집을 모른다는 것이 말이 돼. 이게 어디서 수작을 부리고 있어? 야, 인마. 그 계집애가 요새 건방을 떨기에 손 좀 봐 주려고 그런다. 그러니까 어서 그 여자 사는 집을 말해 봐. 네가 말 안 해도 금방 알아낼 수가 있지만 말이다."

어둠 속 남자가 느물거리며 종수를 바라보았다. 종수는 어서 이 자리를 벗어나 누나와 독사 형에게 이 사실을 알려야 한다고 생각했다. 그런 생각을 하자 마음이 조급했다.

"에잇!"

종수는 힘껏 어둠 속 남자의 아랫도리를 걷어차 버렸다.

"아이구!"

어둠 속 남자는 느닷없이 종수가 찬 발길질에 아랫도리가 차이자 아래를 붙잡고 그 자리에서 방방 뛰었다. 그런 틈을 타 종수는 죽어라 어둠 속으로 도망을 쳤다.

"아이구, 숨차! 아이구……."

종수가 집 앞에 당도하여 가쁜 숨을 몰아쉬었다. 그때 마침 문 밖으로 나오던 독사 형이 그런 종수를 보았다.

"종수야, 너 왜 그러냐?"

"형!"

종수가 허리를 펴며 다급하게 독사 형을 불렀다.

"왜 그렇게 숨이 차도록 뛰어왔어?"

독사 형이 길 아래 위를 살피며 물었다.

"형, 큰일 났어요."

"너 지금 무슨 말 하는 거냐? 큰일이라니 무슨 큰일이야?"

"형, 지금 저 아래 웬 깡패 같은 사람이 누나가 살고 있는 집을 찾고 있어요."

종수가 아래쪽을 가리키며 말했다.

"그래? 너 여기서 잠깐만 기다려."

그와 동시에 독사 형은 종수가 돌아온 방향으로 뛰었다. 그리고 한참 만에 돌아왔다.

"아무도 없더라. 방에 들어가자."

그러면서 독사 형은 앞서서 집 안으로 들어갔다. 종수도 독사 형을 따라 안으로 들어갔다.

"네가 보고 들은 거를 자세히 말해 봐라."

자리를 잡고 앉자 독사 형이 종수에게 말했다. 그러자 성길이 형과 문수 형도 무슨 일인가 싶어 종수를 바라보았다.

"학원 끝나고 집으로 오려고 골목으로 들어서는데요, 골목에서 웬 사람이 내 앞을 막고 누나가 사는 집을 묻더라고요."

"그래서?"

문수 형이 참지를 못하고 다음 말을 재촉했다.

"내가 모른다고 하니까 막 나를 때리려고 하면서 겁을 줬어요."

"그놈이 누구야?"

화를 참지 못하고 문수 형이 나섰다.

"넌 나서지 마."

성길이 형이 문수 형에게 눈살을 찌푸리며 말했다. 독사 형은 아무 말도 안 하고 종수의 다음 말을 기다렸다.

"나도 처음 보는 사람인데 인상도 더럽고 깡패 같은 사람이었어요. 그리고 그 사람이 누나를 손봐주겠대요."

"뭐라구? 손을 봐줘? 형님, 이거 보통 일이 아닌데요? 이러다 형수님한테 무슨 일이 나겠어요."

성길이 형이 걱정스런 얼굴로 독사 형을 바라보았다.

"음, 분명 혜련 씨가 히는 일을 못마땅하게 여기는 포주들 짓일 거야. 너희들도 일하면서 특별히 혜련 씨한테 신경을 쓰고 무슨 일이 있으면 바로 나에게 연락을 해라. 그리고 종수야, 너도 몸조심해라. 그놈들이 너를 알 테니까 또 너한테 접근해 올 거야. 자, 그럼 나 간다. 쉬어라."

독사 형이 몸을 일으키며 말했다.

다음날 종수는 날이 밝기가 무섭게 누나를 찾아갔다. 누나는 포주 할머니 집에서 나와 588과 가까운 곳에다 방을 얻어 살고 있었다.

"누나, 혜련이 누나."

종수가 방문 앞으로 가 누나를 불렀다. 종수가 불러도 안에서 아무 소리가 들리지 않았다. 신발이 있는 것을 봐서 밖으로 나간 것 같지는 않았다.

"누나, 나 왔다니까."

그러면서 종수는 방문을 열었다.

"어, 누나 있었잖아?"

종수는 방문을 열어 보고 깜짝 놀랐다. 없는 줄 알았던 누나가 방에 누워 있었던 것이다.

"종수야, 어서 와. 내가 깜빡 잠이 들어 네가 부르는 소리를 못 들었어."

누나가 부스스한 머리를 해 가지고 자리에서 일어났다.

"누나, 어디 아파?"

종수는 누나의 얼굴을 살폈다. 누나의 얼굴은 핏기가 하나 없이 창백했다. 분명 어디가 아픈 모양이었다.

"누나, 어디가 아픈 거야? 얼굴이 하얘. 땀도 나고."

아닌 게 아니라 누나는 식은땀이 흘러 머리카락 몇 올이 얼굴에 들러붙어 있었다.

"아니 괜찮아. 조금 어지러워서 누워 있었어. 그런데 어쩐 일로 이렇게 일찍 왔니?"

누나가 머리를 손으로 쓸어 올리며 종수에게 말했다. 말하는 목소리에도 힘이 하나도 없었다.

"누나, 어디 아프지? 병원에 가야 하는 거 아냐? 나랑 병원에 갈까?"

종수가 안타까운 표정을 지으며 누나에게 말했다.

"아니야. 괜찮아. 그냥 앉아 있어. 종수야, 무슨 일이 있니?"

누나가 몸을 벽에 비스듬하게 기대며 종수에게 물었다.

"응, 그런데 누나, 정말 괜찮은 거야? 내가 물 좀 줄까?"

"그래. 물 좀 줘."

"잠깐만 기다려."

종수는 밖으로 나와 물 한 컵을 따라 방 안으로 들어갔다.

"고마워, 종수야."

누나가 종수에게서 물을 받으며 희미하게 웃었다. 그런 누나의 얼굴색은 어린 종수가 봐도 완전히 병색이었다. 종수는 은근히 걱정이 되었다. 원체 몸이 약한 누나였다. 그런데 오랫동안 남자들을 상대로 하는 일을 해서 더 몸이 약해졌는지도 모른다는 생각이 문득 들었다.

이런 누나가 또 다시 힘든 일을 하고 포주들로부터 갖은 협박과 방해를 받고 있다. 그뿐만 아니라 깡패 같은 사람들

9. 누나를 찾는 사람들

로부터도 언제 무슨 일을 당할지 모르는 처지이니 정말 걱정이 되었다. 종수는 누나에게 어젯밤에 있었던 이야기를 해주어야 할지 말아야 할지 망설였다. 몸도 안 좋은데 그런 말을 해서 누나에게 충격을 주고 싶지 않았던 것이다.

종수는 다른 말만 하다가 누나의 집을 나와 일터로 향했다.

"넌 인마. 아침서부터 어딜 그렇게 빨빨거리며 돌아다니냐? 어서 가서 닦을 구두 거둬 와라."

성길이 형이 털레털레 돌아오는 종수를 보고 말했다.

"예, 알았어요."

대답을 하고 종수는 닦을 구두를 수집하러 가까운 다방부터 훑기 시작했다. 오전 중에는 다방 손님들을 상대로 구두를 수집하고 점심 이후로는 사무실을 다녔다.

10시 이후의 다방에는 손님들이 제법 많았다. 청량리 일대는 워낙 이동 인구가 많아 늘 다방 안은 손님들로 시끌벅적했다.

"구두 닦으세요. 구두 닦아요."

종수는 좌석 사이를 돌며 손님들에게 구두를 닦으라고 했다. 그러다 종수는 문득 구석 자리에 앉아 담배를 피우며 낄낄대고 떠드는 한 무리의 남자들 속에서 어제 저녁 보았던 남자를 발견하였다.

종수는 깜짝 놀라 다방 안을 나오려고 몸을 돌렸다. 그때였다. 일행 중에서 어젯밤의 남자가 그런 종수를 발견하였다.

"야, 꼬마야!"

종수는 자기를 부르는 소리에 섬뜩 놀라 머리끝이 쭈뼛했다. 저 사람에게 잡히면 어떻게 될지 몰랐다. 종수는 그 자리에서 후다닥 문을 열고 냅다 도망을 치기 시작했다.

"야, 이 꼬마야! 너 거기 안 서!"

남자가 소리를 치며 자리에서 벌떡 일어나 뛰쳐나왔다. 종수는 볼 것 없이 정신없이 달리기 시작했다. 저 남자에게 잡히는 날이면 뼈도 못 추릴 것 같았다. 어떻게 해서든 형들이 있는 곳까지 잡히지 않고 도망가야 했다.

"야, 너 거기 안 서! 너 이 쥐방울만한 새끼 잡히면 너 아주 죽는 줄 알아."

남자가 종수 뒤를 따라오며 계속 소리쳤다. 그 남자 뒤를 나머지 일행들도 따라왔다. 도망가면서 뒤를 돌아보니 네 명이나 종수를 쫓아오고 있었다.

"형! 형! 살려줘!"

종수가 달리며 형들을 불렀다. 저 앞에 구두닦이 부스가 보였기 때문이었다.

"형! 성길이 형! 문수 형!"

종수가 숨 가쁘게 소리쳐 부르자 부스에서 형들이 뛰쳐나왔다.

"너 왜 그래? 아니 저기 저 새끼들은 누구야?"

성길이 형이 헐레벌떡 달려오는 종수와 종수 뒤를 쫓아오는 남자들을 노려보며 물었다.

"형, 저 사람들이 혜련이 누나를 찾던 사람들이야."

종수가 뒤를 돌아보며 숨 가쁘게 말했다.

"그래? 야, 종수야. 넌 이 길로 빨리 가서 독사 형에게 연락해라. 저놈들은 우리들이 상대할 테니."

성길이 형이 종수에게 급하게 말했다. 그 사이에 문수 형과 석길이 형이 곧바로 들이닥친 남자들 앞을 막아섰다.

"여보쇼, 무슨 일로 우리 동생은 쫓아오고 그러쇼?"

성길이 형이 남자들 앞에 나서며 소리를 질렀다. 종수는 그 사이에 재빨리 독사 형을 부르러 달음질을 쳤다.

잠시 후 종수가 독사 형과 함께 구두닦이 부스로 달려오자, 그때까지 남자들과 형들이 서로 험악한 인상을 지으며 마주 보고 있었다. 서로 옥신각신 욕설이 오고가기는 했지만 주먹다짐까지는 하지 않은 모양이었다.

하긴 주먹다짐으로까지 갔더라면 쪽수에 밀려 형들이 당할 수도 있었다. 성길이 형이나 문수 형 그리고 석길이 형이 거친 바닥에서 굴렀다 하나 깡패 같은 남자들을 상대하기에는 힘이 부쳤다.

"무슨 일이냐?"

독사 형이 남자들을 둘러보며 형들에게 물었다.

"형님, 이 사람들이 바로 종수 뒤를 쫓아 형수님의 뒤를 캐던 사람들입니다."

성길이 형이 독사 형에게 말했다.

"형씨들, 할 말이 있으면 나하고 합시다. 동생들은 지금 일을 하고 있습니다. 자, 괜찮으시면 내가 차 한 잔 대접하겠습니다."

독사 형이 남자들을 둘러보며 예의 바르게 말했다. 그러자 일행 중 한 남자가 앞으로 나서며 빈정거리듯 말했다.

"당신이 여기 딱쇠들의 우두머리인 모양인데. 우린 차 같은 거는 필요 없고 당신이 혜련인가 뭔가 하는 창녀하고 그렇고 그런 사이요?"

남자가 몸을 건들거리며 히죽히죽 웃으며 말했다.

"뭐요? 당신 지금 말 다했어? 이 사람들이 찢어진 입이라고 말을 함부로 하는군. 창녀가 뭐야, 창녀가."

9. 누나를 찾는 사람들

독사 형이 남자의 입에서 창녀라는 말이 나오자 버럭 소리를 질렀다.

"왜 창녀라니까 기분 나쁘슈? 창녀 짓을 했으니까 창녀라는데 왜 내가 말을 잘못했나?"

남자가 계속 몸을 흔들며 빈정거렸다. 일행들도 남자를 따라 독사 형을 노려보며 히죽히죽 기분 나쁘게 웃었다.

"아니, 저 새끼들이 죽을 라고 환장을 했나. 아유, 저것들을 그냥!"

성길이 형이 흥분하여 주먹을 쥐고 부르르 떨었다.

"왜 한번 해보겠다는 거냐?"

남자가 성길이 형을 노려보며 어깃장을 놓았다.

"성길아, 넌 가만있어. 형씨들 아주 질이 좋지 않은 사람들이군. 연약한 여자들이나 찾아다니며 괴롭히고 말이야. 당신들 혜련 씨를 찾아 무슨 짓을 하려고 했나? 그리고 그런 비겁한 짓을 시킨 자들이 누구인가?"

독사 형이 싸늘하게 미소를 지으며 일행들을 둘러보며 물었다.

"어쭈, 이게 그래도 두목이라고 세게 나오는데. 그건 왜 물어? 오라, 혜련이라는 창녀가 네 애인이나 되나 보구나."

일행 중 한 명이 독사 형에게 실실 웃으며 약 올리듯이 말했다.

"안 되겠군. 당신 같은 사람들은 말로써는 안 되겠어. 자, 여기는 사람들이 많이 다니고 이목도 있으니 나를 따라오시지."

말을 마치고 독사 형은 앞장서서 뚜벅뚜벅 걸었다.

"저게 간땡이가 부어도 단단히 부었군. 너 혼자서 우리 넷을 상대한단 말이지. 좋다, 너 오늘 네 제삿날인 줄 알아라. 야, 가자."

남자가 말하자 나머지 세 명이 몸을 건들거리며 따랐다.

"종수야, 너 살살 뒤를 따라가서 독사 형이 어떻게 하는지 살펴보고 만약에 그럴 리야 없겠지만 독사 형이 불리하면 우리에게 달려와라. 알았지?"

성길이 형이 종수에게 조심스럽게 말했다. 그 옆에서 문수 형도 눈을 깜빡이며 동감을 표시했다. 사금쟁이 석길이 형도 종수를 돌아보며 눈을 꿈쩍였다.

"알았어요."

"그래, 그럼 가 봐."

성길이 형이 종수의 등을 떠다밀었다.

종수는 서둘러 남자들의 뒤를 따라갔다. 독사 형은 묵묵히 앞을 보고 걸었다. 남자들은 서로 웃고 떠들면서 장난을 치며 독사 형의 뒤를 따라갔다.

"저 자식이 뭘 믿고 저러지?"

"그러게 말이야. 그렇지 않아도 요새 좀 주먹이 근질근질하였는데 모처럼 몸을 풀게 생겼는데."

"저 자식 오늘 우리들한테 죽었다. 살려 달라고 손이 발이 되도록 빌 거다."

남자들은 서로 지껄이면서 걸었다.

이윽고 한참을 걷던 독사 형이 인적이 뜸하고 허름한 창고 마당으로 들어섰다. 마당에 들어선 독사 형이 남자들을 향해 돌아섰다.

"자, 여기다. 여기서 너희들의 못된 버릇들을 고쳐 놓을 테다. 이 자식들아, 사내자식들로 태어나 할 짓이 없어 그런 벌레만도 못한 짓들이나 하고 다니냐? 그래, 너희들 누가 시켜서 그런 짓을 하려고 했냐? 약한 여자들 뒤나 캐서 어떻게 하려고 했느냐 말이다."

독사 형이 싸늘한 눈으로 남자들을 훑어보며 말했다.

"야, 이 새끼야. 누가 시키든 네가 알 바가 아니야. 그나저나 너 오늘 제삿날인 줄이나 알아라. 네가 무슨 배짱으로 우리에게 맞짱을 뜨려고 하는지는 모르겠다만, 너 오늘 임자 단단히 만났다. 지금이라도 우리 앞에 무릎 꿇고 빌면 용서

해 주겠다. 어떠냐?"

 남자 중에 한 사람이 독사 형에게 느물거리며 오만하게 말을 내뱉었다.

 "그래? 길고 짧은 것은 대 보아야 안다. 너희들 나중에 나를 원망하지 마라."

 조금도 기죽는 기색을 보이지 않고 독사 형이 대꾸했다.

 "자, 잔소리는 그만하고 시작해 보자. 우리도 사내니까 일대일로 하겠다. 너 혼자 상대로 우리 넷이 다 덤빌 수는 없지 않냐?"

 "그래? 생각해 주어 고맙긴 한데, 한꺼번에 다 덤벼도 괜찮다. 덤빌 테면 다 덤벼라."

 독사 형이 자신만만한 표정으로 말했다.

 종수는 담 옆에 붙어 주먹을 움켜쥐고 바라보았다. 움켜진 손에 땀이 괴었다. 그리고 괜히 가슴이 두근거렸다. 독사 형이 아무리 주먹이 세고 싸움을 잘한다 해도 네 명을 상대하기에는 버겁지 않을까 하는 염려가 되었다. 그런데도 독사 형은 눈 한번 깜빡이지 않고 남자들을 상대로 맞장구를 쳤다.

 "좋다, 네 뜻대로 해주마. 야, 덤벼라!"

 말과 함께 네 명의 주먹과 발길이 동시에 독사 형에게로 향했다. 독사 형은 짐작했다는 듯이 잽싸게 뒤로 물러서며 남자들의 주먹과 발길질을 피했다. 그리고 틈이 보이는가 싶더니 독사 형의 발길이 맨 앞에 있는 남자의 턱을 차버렸다.

"아악!"

비명과 함께 발길에 턱이 차인 남자가 턱을 싸쥐고 뒤로 벌러덩 나자빠졌다. 순식간의 일이었다. 그러자 순간 남자들이 주춤거렸다. 그들도 순식간에 일어난 상황을 믿지 못하는 표정이었다.

"아니, 저 새끼가. 야, 저 새끼 오늘 아주 골로 보내 버리자."

몸집이 우람한 남자가 인상을 잔뜩 쓰며 독사 형을 잡아먹을 듯이 노려보며 달려들었다. 그러자 독사 형은 쓴웃음을 지으며 남자가 휘두른 주먹을 가볍게 피함과 동시에 돌려차기로 우람한 남자의 어깨를 세게 차버렸다. 그러자 우람한 남자는 몇 걸음 주춤거리며 밀려가다가 간신히 섰다.

"너 이 자식, 주먹깨나 쓰는데. 좋다, 참는 데도 한계가 있다. 야, 덤벼라. 저 새끼 아주 박살을 내버리자."

세 사람이 독사 형에게 우르르 달려들었다. 독사 형은 이리저리 주먹과 발길질을 피하면서 틈을 노려 상대방을 공격했다. 처음 턱을 맞은 사람은 계속 땅바닥에 쭈그려 앉아 침을 내뱉고 있었다. 내뱉은 침에서는 붉은 피가 섞여 있었다.

"야잇!"

한 남자의 주먹이 독사 형의 얼굴을 맞혔다. 독사 형이 입술을 팔뚝으로 쓱 훔쳤다. 금방 입술에서 피가 배어 나왔다. 그러자 독사 형은 입가에 잔잔한 웃음을 지으며 남자를 노려보았다. 그것도 잠깐, 독사 형이 몸을 돌리면서 그 남자의 얼굴을 발로 차버렸다. 남자는 그대로 나가떨어져 버렸다.

"이 새끼가……."

두 남자가 눈이 휘둥그레지며 말을 더듬었다.

"자, 이제 그만하고 저놈들 데리고 사라져라. 너희들도 다치기 전에."

독사 형이 나머지 두 명에게 싸늘하게 말했다.

"뭐라고, 이 새끼야? 죽으면 죽었지 그럴 수는 없다. 에잇!"

말이 끝남과 동시에 두 사람이 독사 형에게 달려들었다. 독사 형은 몸을 비틀어 그들의 공격을 피하면서 주먹으로 한 사람의 얼굴을 그대로 갈겨 버렸고, 또 한 사람에게는 발길로 배를 그대로 차버렸다. 얼굴을 맞은 사람은 주춤거렸고 배를 맞은 사람은 그대로 배를 움켜쥐고 무릎을 꿇고 말았다.

9. 누나를 찾는 사람들

"자, 이제 싸움은 끝났다. 더 이상 피를 보고 싶지 않다. 나 맘 잡고 될 수 있으면 주먹을 쓰지 않으려고 하였다. 그런데 너희들 하는 꼴을 두고 볼 수 없어 주먹을 썼다만, 내가 더 이상 주먹을 쓰지 않게 해다오. 자, 이제 어서 가라. 그리고 다시는 내 앞에 나타나든가 혜련 씨 앞에 나타나지 마라. 만약 내 말을 우습게 여기고 또 나타났다가는 그냥 두지 않겠다. 어서 꺼져라."

점잖게 독사 형이 남자들에게 말했다. 남자들은 아무 대꾸도 못하고 서로를 부축하여 절뚝거리며 사라졌다.

"형!"

그때서야 담 옆에 숨어 있던 종수가 나오며 독사 형을 불렀다.

## 10. 개남이 돌아오다

"종수야, 야, 인마. 종수야."

성길이 형의 심부름으로 담배를 사오던 종수 앞에 개남이가 불쑥 나타났다.

"어? 개남이 형."

종수는 갑자기 자기 앞에 모습을 드러낸 개남이가 반가우면서도 놀라웠다. 그러면서 한편으로는 웬일로 개남이가 자기 앞에 나타났는가 하는 의구심이 들었다. 지금까지 개남이가 종수에게 해왔던 행동을 보면 충분히 그러고도 남았다.

"형, 웬일이야?"

종수가 개남이의 위아래를 살피며 물었다. 그동안 개남이는 어디서 무엇을 하며 지냈는지, 머리는 장발에다가 옷 입은 것도 완전히 날라리 차림이었다.

"야, 형들은 잘 있냐?"

"잘 있어. 여기서 이러지 말고 집에 가자."

종수가 개남이의 팔을 잡고 끌었다.

"아냐, 지금 들어갈 수는 없고……."

개남이가 망설이며 머뭇거렸다.

"왜? 형들한테 혼날까 봐 그래?"

종수가 개남이의 눈치를 살피며 물었다.

"그게 아니고……. 야, 종수야, 형들한테 네가 물어봐라. 나 다시 들어와도 되냐고 말이야. 내가 다시 내일 이 시간에 여기로 올 테니까 말이야."

개남이가 종수에게 사정조로 말했다.

"알았어. 내가 형들한테 잘 말할 테니까 내일 여기에서 만나."

종수가 개남이에게 말했다.

"고맙다, 종수야. 그동안 내가 너를 많이 괴롭혔는데 이젠 안 괴롭힐게. 그동안 너한테 미안했다."

개남이가 종수의 손을 잡으며 그동안의 잘못을 사과했다. 개남이의 태도에 종수는 당황스러웠다. 그러면서 그동안 개남이가 자기를 괴롭히고 심하게 때린 일들이 주마등처럼 스쳐 지나갔다. 그렇지만 이상하게 개남이가 밉다는 생각이 들지는 않았다. 오히려 오늘 보니 가엾다는 생각이 들었다.

"개남이 형, 나한테 사과할 것 없어. 앞으로 잘 지내면 되잖아. 형들한테는 내가 잘 말할 테니까 걱정 말고 내일 여기서 만나. 알았지?"

종수가 개남이를 안심시키며 말했다.

"그래, 고맙다. 그럼 내일 만나자."

말을 마치고 개남이는 종수에게 손을 흔들며 사라졌다. 종수는 그 자리에 한참 서 있다가 집으로 들어갔다.

"형, 담배 사왔어요. 그리고 형, 담배 사오다가 개남이 형 만났어요."

종수기 담배를 싱길이 형에게 내밀며 말했다. 성길이 형은 베개를 기대고 누워 있다가 종수의 말에 몸을 일으키며 물었다.

"뭐라구? 개남이를 만났다고?"

"예."

"어디서 그 자식을 만났냐?"

이번에는 문수 형이 성길이 형의 말을 이어 물었다.

"담배 사오다가 요 앞 골목에서 만났어요. 개남이 형이 집에 다시 들어오고 싶대요."

10. 개남이 돌아오다 211

"집에 다시 들어오고 싶다고? 뻔뻔한 자식. 집 나갈 때는 언제고 다시 들어온대? 어림도 없지."

성길이 형이 이맛살을 찌푸리며 말했다. 그러고는 담뱃갑을 집어 새 담뱃갑에서 담배 한 개비를 꺼내 불을 붙였다.

"종수야, 넌 개남이가 집에 다시 들어오면 좋으냐? 너를 그처럼 개 패듯이 패고 도망간 놈이 말이야."

문수 형이 종수를 돌아보고 물었다.

"…… 난 괜찮아요. 그 일은 다 잊었어요. 개남이 형이 나를 보고 잘못했다고 사과를 했어요. 성길이 형, 문수 형, 개남이 형 다시 집에 들어오게 해주세요. 그래서 나랑 다시 찍쇠 일을 하게 해주세요."

종수가 형들을 보고 사정을 했다.

"그래도 안 돼. 그 새끼는 고생을 쫄쫄이 해 봐야 돼."

성길이 형이 단호하게 말했다.

"너 인마, 넌 뱃도 없냐? 너를 그렇게 죽도록 패고 도망친 놈을 다시 들이자니 말이 되는 소리냐?"

문수 형이 그때 일을 생각하고 화가 나는지 인상을 쓰며 말했다.

"형, 전 그때 일을 다 잊었어요. 개남이 형을 보니까 너무 불쌍하다는 생각이 들었어요. 형, 부탁인데 다시 개남이 형들어오게 해 주세요."

종수가 두 형을 바라보고 사정을 했다.

"……."

잠시 침묵이 흘렀다. 그러기를 얼마 만에 성길이 형이 입을 열었다.

"자식, 자기를 그렇게 괴롭히고 때렸는데도…… 그래, 종수야. 네 뜻이 정 그렇다면 우리는 받아들이겠다. 그러나 최종적인 결정은 큰형님이 내릴 거다. 그러니 그렇게 알아라."

성길이 형의 말에 종수는 고마운 마음도 들고 민망한 생각도 들어 뒷머리를 긁적이며 멋쩍은 얼굴을 하였다.

개남이가 다시금 합류히여 찍쇠 일을 하였다. 그동안 개남이는 나가 있는 동안 많은 것을 경험하고 깨달았는지 행동이 달라졌다. 말 많고 촐싹대며 가볍게 행동하더니, 이젠 말수도 줄어들었고 가볍게 행동하던 것도 많이 줄어들었다.

사사건건 트집을 잡고 못살게 굴고 툭하면 말보다는 주먹으로 종수를 괴롭히던 짓도 하지 않았다. 종수는 무엇보다 이런 변화가 기뻤다. 형들도 개남이의 이런 변한 모습에 한마디씩 했다.

"야, 개남이가 나가더니 철이 들어서 들어왔구나. 참 사람은 오래 살고 볼 일이다."

"개남아, 너 어디 가서 무엇을 했기에 변해서 돌아왔냐?"

성길이 형과 문수 형이 놀리듯 물으면 개남이는 아무 대답도 안 하고 그냥 씩 웃기만 했다. 개남이는 행동만 달라진 것이 아니라 일도 열심히 했다. 전에는 어떻게 해서든 꾀를 피우고 일을 안 하려고 하였는데 지금은 잠시도 쉬지 않았다.

"개남 씨, 다시 만나서 반가워요. 정말 잘 들어왔어요."

누나도 개남이만 보면 반갑다고 웃으며 말했다.

"개남아, 너도 종수하고 같이 공부해라. 학원에 같이 다녀 검정고시를 준비해라. 사람은 그저 배워야 한다. 너 지금부터 해도 하나도 늦지 않았다. 네가 공부를 하고 싶다면 얼마든지 도와주마."

독사 형이 개남이에게 말했다.

"형, 제가 무슨 공부를 하겠어요. 돌머리인데……."

얼굴을 붉히며 개남이가 말을 얼버무렸다. 그러나 독사 형이 공부하라는 말에 싫지는 않은 기색이었다.

"돌머리는 무슨 돌머리에요. 개남 씨 머리가 얼마나 좋은데요. 형 말대로 지금이라도 공부하세요. 열심히 공부를 하다 보면 개남 씨에게도 길이 열릴 거예요. 종수하고 같이 하세요."

누나가 독사 형의 말을 거들어 공부를 하라고 권했다.

"생각해 보죠."

개남이가 뒤통수를 긁적거리며 대답했다. 대답은 그렇게 했지만, 개남이는 그 이튿날로 종수가 다니는 검정고시 학원으로 종수를 찾아왔다. 종수가 수업이 끝나 복도로 나오면서 보자 개남이는 복도 벽에 붙어 있는 검정고시 관련 게시물을 유심히 보고 있었다.

"형, 개남이 형."

종수가 개남이를 발견하고 부르자, 개남이는 멋쩍은 웃음을 지으며 종수를 향해 얼굴을 돌렸다.

"공부 끝났냐?"

"응. 형, 웬일이야?"

종수가 개남이에게 다가가며 물었다.

"응, 그냥 와 봤어."

"형도 공부하고 싶어서 왔지?"

종수가 다 알고 있다는 듯이 웃으며 물었다.

"아냐, 그냥 구경 와 본 거야. 야, 그런데 공부하는 사람이 꽤 많다. 나이든 사람도 많고."

복도를 지나는 아줌마와 아저씨를 힐끗힐끗 살펴보며 개

남이가 말했다.

"그럼. 나이 많은 사람도 많아. 공부에는 나이의 많고 적고가 필요 없잖아."

"그건 그래."

개남이가 고개를 끄덕이며 혼잣말처럼 중얼거렸다.

저녁에 집에 들어가자 누나가 와 있었다. 독사 형도 있었다. 다른 두 형도 있었다. 사금쟁이 석길이 형만 빼고 식구들이 다 모인 셈이었다.

"누나, 누나 왔네."

종수가 누나를 보고 반가워서 말했다. 누나는 부엌에서 뭔가를 만들고 있었다. 형들은 방 안에서 이런저런 이야기를 하고 있었다.

"오셨어요?"

개남이가 누나에게 인사를 하였다. 인사를 하고 난 개남이는 쑥스러운지 뒤통수를 긁적거렸다.

"어머, 개남 씨. 어디 갔다 오시는 거예요?"

누나가 반갑게 개남이 형을 맞이하며 물었다.

"예, 요 앞에 좀……."

개남이 형이 누나의 물음에 대답을 못하고 누나의 눈길을 피하면서 딴청을 피웠다.

"누나, 개남이 형 오늘 내가 공부하는 학원에 왔어. 그래서 같이 오는 거야."

종수가 샐샐 웃으며 말했다.

"야, 말하지 마."

개남이가 종수를 나무라듯 윽박질렀다.

"뭐, 어때?"

종수가 너스레를 떨었다.

"어머, 그래요? 개남 씨 공부하고 싶은 마음이 들어서 학원에 간 거지요?"

반가운 소식이라는 듯이 누나가 얼굴 가득 웃음을 지으며 개남이를 바라보았다.

"아, 아니에요."

개남이가 손사래를 치며 아니라고 발뺌을 했다.

"누나, 개남이 형 공부할 거야."

종수가 맞장구를 쳤다.

누나는 부엌에서 접시와 쟁반을 상에 얹어 들여갔다. 방 안에는 과일이랑 통닭이랑 과자랑 먹을 것이 잔뜩 있었다.

"와, 신난다! 오늘 누구 생일인가?"

눈이 휘둥그레져서 종수가 방 안을 둘러보고 말했다.

"생일은 무슨 생일이냐. 오늘 개남이가 다시 우리 식구가 된 걸 환영하기 위해 마련한 자리다. 자, 어서 들어와라."

독사 형이 개남이와 종수를 보며 말했다.

"개남이 형, 축하해."

종수가 개남이에게 축하의 말을 했다. 식구들이 상을 가운데에 두고 죽 둘러앉았다. 그러자 독사 형이 입을 열었다.

"오늘 이 자리를 마련한 것은 개남이가 다시 우리 식구가 된 것을 환영하는 뜻에서이다. 그동안 개남이가 잘못한 것도 많이 있었지만, 잘못을 반성하고 새로운 마음으로 새 출발 하니 얼ㄹㄹ미나 기쁜지 모르겠다. 사람은 누구나 잘못을 저지를 수가 있다. 그러나 잘못을 저지르고도 잘못을 모르는 사람이 있는가 하면, 개남이처럼 자기 잘못을 뉘우치고 새 사람이 되는 사람도 있는 것이다. 개남아, 다시 우리 식구가 된 것을 진심으로 축하한다. 앞으로 열심히 일하고 네 자신의 미래를 위해 공부도 열심히 하기 바란다."

독사 형이 의미 있는 축하의 말을 하였다.

"개남아, 이놈아. 다시 돌아온 것을 축하한다. 난 네가 다시 돌아올 줄을 몰랐다."

성길이 형이 헤벌쭉 웃으며 축하의 말을 했다.

"나가 돌아다녀 보니 여기만 못하지? 맨 못된 놈들과 어울려 나쁜 짓만 하고 말이다. 앞으로는 다른 생각 말고 열심히 해, 인마. 그러면 큰형님이 네 앞길을 열어주실 거다."

문수 형이 입바른 소리를 했다. 문수 형의 말에 개남이는 뒷머리를 긁적이며 멋쩍은 얼굴을 하였다.

"개남 씨, 축하해요."

누나가 그런 개남이에게 얼굴 가득 웃음을 지으며 축하의 말을 했다.

"나도, 형."

종수가 입 안 가득 과자를 쑤셔 넣으며 말했다.

개남이는 멋쩍은 표정을 지으며 식구들에게 말했다.

"고맙습니다. 앞으로 열심히 일하고 공부도 하겠습니다."

"와!"

종수가 개남이의 말에 기뻐서 소리를 질렀다. 송수는 진심으로 개남이가 돌아온 것을 축하했다. 그동안 개남이에게 받아왔던 온갖 수모와 고통의 기억이 봄눈 녹듯 사라지는 것 같았다.

"자, 우리 모두 건배해요."

누나가 잔에 맥주를 따르며 건배 제의를 했다. 종수와 개남이의 잔에는 사이다를 따랐다. 모두 잔을 높이 들어올렸다.

"우리 모두의 건강과 행복을 위하여!"

독사 형이 선창을 하였다.

"우리 모두의 건강과 행복을 위하여!"

식구들이 한목소리로 따라 하였다.

호사다마라는 말이 있다. 좋은 일에는 흔히 탈이 끼어들기 쉬움을 이르는 말이다. 개남이가 돌아오고 식구들이 다 같이 한마음이 되어 열심히 일을 하였고 전보다 분위기도 좋아졌다. 그런데 이런 분위기에 먹구름이 끼는 일이 생기고 말았다. 그긴 다름이 아니라 누나가 덜컥 앓아눕고 말았기 때문이었다.

평소에도 누나는 자주 아팠다. 그러나 이번 경우는 달랐다. 상태가 심각했다. 독사 형이 누나를 큰 병원에 입원을 시켰다. 식구들은 누나가 병원에 입원하자 모두 누나 걱정에 일손이 잡히지를 않았다. 종수는 더 말할 것도 없었다. 종수는 일을 하는 틈틈이 병원을 찾았고, 학원이 끝나기가 무섭게 병원부터 들렀다.

누나는 여러 가지 검사를 받았다. 누나가 입원을 한 뒤로 독사 형도 병원을 떠나지 않고 병간호를 하였다. 이런 걸 보면 독사 형이 누나를 얼마나 마음 깊이 사랑하는가를 알 수 있었다. 거칠고 험악한 세계에서 어릴 때부터 살아온 독사 형에게 저런 순정이 있을까 싶게, 독사 형은 누나를 지극 정성으로 보살피고 간호했다.

"누나."

종수가 병실 문을 열고 침대에 누워 있는 누나를 불렀다. 누나는 팔에 링거 주사액을 꽂고 누워 있었다. 누나 곁에 앉아 있던 독사 형이 종수를 돌아보며 말했다.

"종수 왔냐? 피곤할 텐데 집으로 곧장 가지 뭐 하러 왔냐?"

"괜찮아요. 형, 누나는 좀 어때요?"

종수가 누나의 얼굴을 근심스런 빛으로 내려다보며 물었다.

"검사 결과가 나와 봐야 알겠지만…… 안 좋은 것 같다."

독사 형이 걱정스런 낯빛으로 말했다.

"누, 누나……."

독사 형의 말에 종수가 누나의 손을 살며시 잡으며 울음 섞인 목소리로 불렀다. 그러자 잠자는 듯 눈을 감고 있던 누나가 살며시 눈을 떴다.

"누나, 나 왔어."

눈 뜨는 것을 보자 종수는 감정이 북받쳤다. 그래서 목멘 소리로 누나를 불렀다.

"종수야, 왔니?"

누나가 힘없이 손을 종수에게로 내밀었다.

"누나, 어디가 아파?"

종수가 누나의 손을 잡으며 물었다.

"괜찮아. 며칠 쉬면 나을 거야."

"누나, 빨리 나아. 그래야 내가 힘이 나지. 누나가 아파 누워 있으니까 힘이 안 나."

종수가 시무룩한 얼굴로 말했다.

"미안하다, 종수야. 누나가 종수에게 힘이 되어 주지 못하고 누워 있으니······."

누나가 혼잣말처럼 중얼거렸다. 그렇게 말하는 누나의 눈가에는 눈물이 어른거렸다.

"누나······."

종수는 그런 누나를 보자 눈물이 나올 것 같아 참느라고 어금니를 꽉 물었다.

"종수야, 이제 그만 가거라. 환자가 자꾸 말을 하면 힘이 들어서 안 돼. 지금 누나는 쉬어야 돼."

독사 형이 종수에게 일렀다.

"예, 형."

종수가 팔뚝으로 눈가를 쓱 훔치며 대답했다.

"평우 씨, 저 괜찮아요. 평우 씨도 피곤할 텐데 어서 집에 가서 쉬세요. 저는 괜찮아요."

누나가 독사 형을 걱정하며 나직하게 말했다.

"아닙니다. 피곤하지 않습니다. 제 걱정은 말고 혜련 씨나 어서 쉬세요. 그리고 종수야, 너 나 좀 보자."

독사 형이 종수에게 말하고 앞서서 병실을 나갔다.

"누나, 나 간다. 내일 또 올게."

종수가 누나의 손을 쥐고 가볍게 흔들며 작별 인사를 하였다.

"종수야, 잘 가."

누나가 모기 소리만한 목소리로 말했다.

복도로 나가서 독사 형을 찾으니 독사 형은 복도 끝의 창가에서 담배를 피우고 있었다. 종수는 느린 걸음으로 독사 형에게 다가갔다. 종수가 다가오자 독사 형은 담배를 재떨이에 눌러 끄며 종수를 바라보았다.

"형……."

종수가 다가가 조심스럽게 독사 형을 불렀다.

"종수야."

"예."

"너 내일부터 누나가 퇴원할 때까지 네가 누나 곁에서 간호를 해야겠다."

"제가요? 형은……."

종수가 독사 형을 올려다보며 물었다.

"난 일을 봐야지. 당분간 찍쇠 일은 개남이에게 맡기고 네가 내일부터 누나 곁에서 간호를 해. 형들한테는 내가 이야기를 할 테니까."

독사 형이 종수에게 나직하게 말했다.

"학원은요?"

"학원은 다녀야지. 저녁에는 내가 와서 있을 테니까."

"형이요? 제가 학원 끝나고 와서 누나 간호해도 되는데요."

종수가 독사 형의 말이 끝나기가 무섭게 말했다.

"그럼 네가 너무 힘이 들잖아. 학원 끝나면 곧장 집에 가서 쉬어. 저녁엔 내가 해도 돼."

독사 형이 종수를 생각해서 하는 말이었다.

"형, 나 힘들지 않아요. 학원 끝나고도 올게요."

종수가 고집을 부리며 자기 뜻을 굽히지 않았다.

"자식, 고집 부리기는…… 그래 그럼, 네 뜻대로 해라."

종수는 다음날부터 누나 곁에서 간호하는 일을 하였다.

종수는 병원으로 가기 전 개남이에게 양해를 구하는 말을 했다.

"개남이 형, 형 혼자 찍쇠 일을 하게 해서 미안해. 누나가 나으면 내가 더 열심히 할게."

그러자 개남이는 종수를 보고 씩 웃으며

"미안하긴 뭐가 미안해. 네가 혜련이 누나 간호하는 것이 더 힘들지. 찍쇠 일은 내가 열심히 할 테니 걱정하지 말고 간호나 잘해."

하고 오히려 격려를 해 주었다.

종수는 그런 개남이가 고마웠다. 예전 같으면 상상도 못 할 일이었다. 개남이는 변해도 정말 많이 변했다. 상상도 할 수 없는 눈에 띄는 변화였다. 그걸 종수는 새삼스럽게 실감했다.

종수는 아침을 먹고 설거지를 깨끗이 해 놓고 병원으로 달려갔다. 어서 한시라도 빨리 누나에게 가고 싶었기 때문이다. 그러면서도 종수는 누나가 아파서 누워 있는 것이 너무 속상하고 마음이 아팠다.

이 세상에서 가장 착하고 마음씨가 고운 누나가 아파서 누워 있다는 것이 실감이 나지가 않았다. 누가 종수에게 소원을 말하라고 한다면 종수는 당장 누나의 아픈 곳이 깨끗이 나아 건강하고 행복하게 사는 것이라고 말하리라 생각했다.

저만치 병원의 흰 건물이 보였다. 병원 주위로는 나무가 많아 제법 숲이 우거졌다. 흰 가운을 입은 의사들과 간호사들이 분주하게 병원 앞을 오갔다. 환자의 가족들이나 보호자들도 보였다. 휠체어를 탄 환자들도 보였다.

종수는 병원 정문으로 들어가 누나가 입원해 있는 병동으로 가서 엘리베이터를 탔다. 엘리베이터 안에도 환자복을 입은 환사들이 있고 복도에도 있었다. 무슨 병이 그렇게 많고 어디가 아파서 온 환자인지 모르겠다. 아무리 과학과 의학이 발달해도 병을 예방하고 병든 것을 전부 치유할 수는 없는 모양이었다.

특히나 어린 환자들이 링거를 가녀린 팔에 꽂고 휠체어를 타고 다니는 것을 보면 마음이 아팠다. 종수는 자기처럼 아프지 않고 건강한 것 하나만이라도 얼마나 행복한 것인지 병원에 와 보고서야 실감할 수 있었다.

"누나, 나 왔어."

종수가 병실 문을 들어서자 누나는 간호사와 이야기를 나누고 있었다. 간호사의 손에 약봉지가 들려 있는 것을 보니 약 먹는 것에 대해 설명을 하는 모양이었다.

"시간 맞춰서 약을 드세요. 그럼 이따 회진 돌 때 다시 올게요."

간호사가 누나에게 말하고 몸을 돌려 병실을 나섰다.

"누나, 아침 먹었어?"

종수가 간호사에게 몸을 굽혀 인사를 하고 누나의 침대 곁으로 다가가 물었다.

"응, 먹었어. 종수야, 너도 아침 먹었니? 오늘부터 네가 내 곁에서 간호를 한다고 그러더구나. 우리 종수 이 누나가 귀찮게 해서 어쩌나?"

누나가 종수를 돌아보며 안쓰러운 표정을 지었다.

"누나, 그런 말 하지 마. 난 아무래도 좋으니까 누나가 빨리만 나았으면 좋겠어. 누나, 그리고 이제부터 누나 곁에 꼭 붙어 있을 테니까 시킬 거 있으면 다 시켜. 알았지?"

종수가 장난기를 발휘하여 샐샐 웃으며 말했다.

"고맙다, 종수야."

종수의 말에 누나의 입가에 잔잔한 웃음이 퍼졌다.

## 11. 누나, 아프지 마

누나의 병세는 생각보다 심각했다. 검사 결과 장기 입원을 하여 치료를 받아야 한다고 했다. 장기 입원 치료를 한다 해도 병세를 낙관할 수 없다고 했다.

담당 의사를 만나 검사 결과를 듣고 오는 독사 형의 얼굴은 어두웠다. 종수는 독사 형의 얼굴 표정을 보고 누나의 상태가 심각하다는 것을 짐작하였다. 눈칫밥으로 지금까지 살아온 종수였다. 상대방의 표정만 봐도 상대방의 기분을 파악했다.

"형……."

종수가 조심스럽게 독사 형을 불렀다.

"으응……."

독사 형이 종수의 부름에 누나를 힐끗 돌아보며 대답했다.

"평우 씨, 의사 선생님이 뭐라고 하세요?"

누나가 힘없는 눈길로 독사 형을 바라보고 물었다.

"별 다른 말은 없었어요. 다만……."

독사 형이 마른침을 삼키며 말을 하려다가 중단했다. 그러자 누나가 독사 형의 손을 살그머니 잡으며 물었다.

"난 괜찮으니까 자세히 말해 보세요."

누나가 다시 한 번 재촉했다. 이미 누나는 독사 형이 말을 안 해도 자기 병세가 안 좋다는 것을 알고 있는 듯했다. 종수는 그런 누나를 옆에서 보는 것이 안타까웠다.

"의사 선생님 말이 혜련 씨가 너무 혈압이 낮고 심한 빈혈에다 그리고 신장까지 안 좋다고 그러더군요."

독사 형이 의사가 알려준 대로 누나의 상태를 말해주었다.

"그럼 어떻게 해야 한데요?"

누나가 얼굴을 살짝 찡그리며 물었다.

"경과를 봐서 수술을 해야 한다는데, 원체 혜련 씨의 몸이 약해서 수술하기도 쉽지가 않다는군요."

"형, 그럼 누나는 어떻게 되는 거예요?"

종수가 걱정스런 표정으로 물었다.

"어떻게 되긴. 치료하면 나을 거야. 너무 걱정하지 마. 요새는 의학이 발달되어 웬만한 병은 다 치료할 수가 있어. 그리고 의사 선생님이 알아서 누나를 잘 치료해 줄 테니까 너무 걱정하지 말아라."

독사 형이 차분하게 종수에게 말했다. 종수는 독사 형의 말을 듣고 조금 안심이 되었다. 그러나 정작 누나는 독사 형의 말에 잔잔하게 미소만 지을 뿐 가타부타 말이 없었다. 독사 형은 그런 누나의 손을 살그머니 잡아주었다.

누나가 병원에 입원했다는 소식을 들은 사람들이 누나의 병문안을 오기 시작했다. 누나와 같은 일을 했던 여자들은 물론 선교회 목사님과 교인들 그리고 인권단체 사람들을 비롯하여 몇몇 포주들도 병문안을 왔다.

병문안을 오는 사람들은 과일과 주스나 음료수 따위를 사 들고 왔다. 그들이 사들고 온 과일과 음료수들이 넘쳐났다. 종수는 태어나서 가장 많은 과일과 음료수를 누나 덕분에 먹을 수가 있었다. 누나는 과일과 음료수를 같은 병실을 쓰는 환자들에게도 나눠주고 간호사들에게도 나눠주었다.

"누나, 누나가 병원에 있으니까 이런 거 많이 먹어서 좋다. 그치?"

종수가 큰 복숭아 한 개를 한 입 가득 베어 물며 말했다.

"종수야, 그럼 우리 종수가 맛있는 거 많이 먹을 수 있도록 누나가 병원에 오래 있어야겠다. 그렇지?"

누나가 웃으며 종수에게 장난을 쳤다.

"에이, 누나. 그건 아냐. 먹는 것도 좋지만 누나가 빨리 나아야지. 난 그게 제일 좋아."

종수는 그렇게 말하고 자기가 한 말이 멋쩍어 얼굴이 붉어졌다.

"그럼, 내가 우리 종수 마음을 알지. 종수야, 나 때문에 일도 못하고 공부하는 것도 방해가 되서 어쩌지? 그리고 형들에게도 미안하고 말이야……."

누나가 어디가 아픈지 미간을 찌푸리며 말했다.

종수가 낮에 찍쇠 일을 하지 않고 병간호를 한 지도 일주일이 넘었다. 아침에 나가 저녁 학원에 갈 때까지 병원에서 환자의 시중을 드는 것이 결코 쉬운 일이 아니었다. 그러나 힘들다는 내색 없이 종수는 연신 싱글벙글 웃으며 시중을 들었다.

붙임성이 있는 종수는 병실 환자와 그 가족들은 물론 간호사들과 의사들까지도 모르는 사람이 없었다. 그만큼 모든 사람들이 종수를 좋아하였다. 더군다나 종수와 누나와의 인연을 알게 된 사람들은 종수를 다시 보고 종수의 헌신적인 간호를 칭찬했다.

"간호사 누나, 우리 누나 주사 아프지 않게 놔줘요. 알았죠?"

종수가 누나에게 주사를 놓은 간호사에게 샐샐 웃으며 말했다.

"왜, 내가 아프게 놓을까 봐 그래?"

간호사 누나가 종수에게 살짝 눈을 흘기며 말했다.

"아니요. 누나는 얼굴도 예쁘니까 주사도 안 아프게 놓을 거야. 그죠?"

"어머, 얘 말하는 거 봐. 너 아주 말하는 게 귀엽구나. 다른 누나들한테도 그렇게 말하지?"

간호사 누나가 장난스럽게 종수에게 맞장구를 쳤다.

"아, 아니에요."

순간 종수는 당황하여 뒷머리를 긁적이며 멋쩍은 얼굴을 하였다.

"그냥 해 본 말이야. 쑥스러워 하지 마. 아무튼 넌 아주 훌륭한 환자 보호자야."

그러면서 간호사 누나는 의료 장비가 실린 카트를 밀고 나갔다.

"우리 종수 얼굴이 빨개졌네."

누나가 종수를 보고 놀리듯이 말했다.

"누나, 놀리지 마. 부끄럽게."

누나의 놀리는 말에 종수는 얼굴이 확 달아올랐다.

"종수야, 오늘 혜련 씨 재검진이 있는 날이다. 그러니까 오늘은 내가 병원에 있을 테니 넌 밖에 나가 바람 좀 쐬고 와라."

병실에 들른 독사 형이 종수에게 말했다.

종수는 그렇잖아도 누나의 재검진을 알고 있었다. 어제 간호사 누나가 들러서 알려주고 갔었다. 그래서 누나는 아침도 먹지 않았다.

"형, 괜찮아요. 저도 그냥 병원에 있을게요."

종수가 독사 형에게 자기도 병원에 있겠다고 했다. 그러자 독사 형이 종수에게 다시 말했다.

"아니야. 여긴 나 혼자 있어도 되니까 나갔다 와."

"……."

종수는 말을 이으려다 침을 꿀꺽 삼켰다. 그런 종수를 보고 누나가 타이르듯이 말했다.

"종수야, 형 말 들어. 형이 너를 생각해서 하는 말이니까."

"알았어. 그럼 나 나갔다 올게."

종수가 금방 얼굴에 환한 빛을 띠우며 말했다.

"종수야, 그리고 이거."

종수가 막 병실을 나가려고 하자 누나가 침대 밑에서 지갑을 꺼냈다. 그러고는 돈을 꺼내 종수에게 내밀었다.

"뭔데 누나?"

"응, 이거 갖고 가서 너 먹고 싶은 거 있으면 사 먹어."

"괜찮아. 나 먹고 싶은 거 없어."

종수가 누나가 내민 돈을 받지 않고 사양을 했다.

"받아. 누나가 주는 돈이니까 받아도 돼."

누나가 내민 손을 거두지 않고 말했다.

"종수야. 받아라. 누나가 특별히 너한테 주는 돈이니까 나가서 너 먹고 싶은 거 있으면 사 먹고 놀다 와."

독사 형이 누나의 말을 거들었다. 그제서야 종수는 마지못해 돈을 받아들고 병실을 나왔다. 병실을 나온 종수는 딱히 어디 갈 곳도 없고 해서 형들이 일하는 곳으로 발길을 향했다. 가는 길에 종수는 누나가 준 돈으로 호떡을 한 봉지 샀다.

청량리 역 앞은 언제나 사람들로 붐볐다. 기차를 타려는 사람들도 많았고 장사하는 사람도 많았다. 그리고 구걸하는 사람도 여기저기 눈에 띄었다. 늘 보고 자주 오는 역 주변이지만 종수는 이상하게 정이 안 가고 삭막하게 느껴졌다.

"종수야."

종수가 호떡이 든 봉지를 팔에 껴안고 길을 가는데 개남이가 종수를 발견하고 불렀다.

"형!"

종수는 개남이를 보자 반가웠다. 개남이는 닦을 구두를 모아서 오는 모양인지 양손에는 구두가 들려 있었다.

"너 어디 가는 거야?"

개남이가 종수에게 다가오며 물었다.

"응, 형들한테 가는 거야."

"누나는 어떻게 하고?"

개남이가 눈을 동그랗게 뜨고 물었다.

"누나는 오늘 재검진 받아. 큰형이 와서 형이 누나를 보살핀다고 나더러 나가서 바람 쐬고 들어오라고 했어."

"그래? 오늘 재검진 받으면 누나의 병을 정확히 알 수가 있을까?"

개남이가 종수 곁으로 다가오며 물었다.

"모르겠어. 누나가 빨리 나아야 하는데……."

11. 누나, 아프지 마 235

종수가 금세 시무룩한 얼굴로 대답했다.

"종수야, 네가 간호하느라고 힘들겠다."

개남이가 종수 얼굴을 조심스럽게 살피며 말했다.

"난 하나도 힘 안 들어. 누나가 힘이 들지. 개남이 형, 누나가 빨리 나았으면 좋겠어."

"곧 나을 거야. 종수야, 너무 걱정하지 마."

개남이가 종수의 어깨를 툭툭 치며 말했다.

"형 말이 맞아. 누나는 곧 나을 거야. 형, 빨리 가서 이거 형들하고 먹자."

종수가 봉지를 개남이에게 보이며 말했다.

"그게 뭔데?"

"응, 호떡이야. 누나가 돈 줘서 형들하고 먹으려고 내가 산 거야."

"자식……."

개남이가 그런 종수를 돌아보고 씩 웃었다.

"형, 석길이 형, 문수 형."

종수가 구두를 닦고 있는 형들을 불렀다. 성길이 형과 문수 형은 구두를 닦느라고 정신이 없었다. 두 사람은 종수가 부르자 고개를 들어 종수를 바라보았다.

"어라, 네가 여긴 웬일이냐?"

문수 형이 갑자기 나타난 종수를 보고 무슨 일이 있는가 하고 물었다.

"네가 어쩐 일이냐? 형수는 어떻게 하고."

성길이 형이 닦던 구두를 내려놓으며 가까이 다가오는 종수를 올려다보며 물었다.

"누나는 큰형이 보살피고 계세요. 석길이 형, 안녕하세요?"

종수가 부스 안으로 머리를 들이밀며 구두 수선을 하고 있는 석길이 형에게 인사를 했다.

"어버버, 어버."

석길이 형이 종수를 보자 반갑다고 손짓을 하며 뭐라고 말을 했다.

"형, 형수님도 잘 계시죠?"

종수가 손짓으로 형수의 안부를 물었다.

"어버 어버, 어버버."

석길이 형이 뭐라고 계속 말을 했으나 무슨 뜻인지는 하나도 몰랐다.

"형수님은 좀 어떠시냐?"

성길이 형이 물었다.

"오늘 재검진 한대요. 그래서 큰형이 일찍 왔어요. 병원에 계속 있으려고 했는데, 큰형이 나가서 바람 쐬고 들어오라고 해서 여기로 왔어요."

"무슨 검사를 그렇게 오래 있다가 하는 거야. 참, 그러나저러나 빨리 몸이 나아서 퇴원을 해야 할 텐데 걱정이다."

성길이 형이 바닥에 놓여 있던 구두를 집어 들며 말했다.

"형, 이거 먹고 하세요."

종수가 봉지 속에서 호떡 한 개를 꺼내 성길이 형에게 내밀었다.

"웬 호떡이냐?"

호떡을 보더니 성길이 형이 물었다.

"누나가 준 돈으로 샀어요."

"그래, 잘 먹겠다."

성길이 형이 호떡을 받아들며 말했다.


재검진이 끝나고 누나의 수술이 있었다. 수술이 최선의 방법은 아니었으나 다른 방법이 없다고 했다. 수술도 아주 어렵게 하였다. 원체 허약한 몸이라 수술을 하기가 무리였다는 것이었다.

수술을 받고 난 누나는 점점 몸이 야위어 갔다. 얼굴색도 점점 하얘져 갔다. 음식도 제대로 먹지를 못하였다. 종수는 옆에서 애가 탔다. 어떻게 해서라도 밥을 한 숟가락이라도 더 먹이려 하였으나 도저히 먹지를 못하였다.

"누나, 조그만 더 먹어."

종수가 누나 곁에 붙어 앉아 먹기를 권하였다. 일부러 수저 위에 반찬을 올려주며 먹으라고 하여도 누나는 고개만 흔들었다.

"그만 먹을래. 종수야, 됐어. 나 그만 누워야겠다."

누나가 얼굴을 찡그리며 모기 소리만 하게 말했다. 수술을 하고부터 누나는 틈만 나면 누우려고 하였다. 조금만 앉아 있어도 숨차 하고 식은땀을 흘렸다. 그러면 종수는 등 뒤로 손을 넣어 편히 눕도록 하였다. 그러고는 수건을 빨아 와 얼굴을 닦아주었다.

"종수야, 미안해."

누나가 그런 종수에게 힘없는 목소리로 미안하다고 했다. 그런 말을 들으면 종수는 자기도 모르게 눈물이 핑 돌았다.

"누나, 뭐가 미안해. 그런 말 하지 마. 미안하면 누나가 빨리 나으면 되잖아."

종수가 미안하다는 말을 하는 누나에게 볼멘소리를 했다.

"그래. 알았어. 종수야, 나 졸리다. 잠깐 눈 좀 붙일게."

누나가 말을 하고 이불을 끌어당겼다.

"자, 누나."

종수가 이불을 꼭꼭 여며주었다. 그리고 옆에 앉아 누나가 잠이 드는 것을 지켜보았다. 수술을 하고부터는 면회 시간도 횟수도 줄었다. 병실도 일반 병실에서 중환자 병실로 옮겨졌다. 그만큼 누나의 상태는 안 좋았다. 독사 형은 누나의 병원비 마련에 동분서주하였다. 그나마 다행인 것은 누나가 보험을 들어 놓아 그나마 다행이라면 다행이었다.

누나의 상태가 좋아지지 않고 계속 위중하자 많은 사람들이 걱정을 하였다. 형들은 물론이고 같이 일했던 누나들을 비롯하여 선교회 목사님과 인권기관에 있는 사람들이 모두 누나의 쾌유를 기원했다.

특히 누나와 같이 일을 했던 선교회 목사님은 누나를 위해 날마다 병원에 찾아와 기도를 드렸다. 종수는 교회를 다니지는 않지만 목사님이 기도를 하면 옆에서 같이 머리를 숙이고 기도를 드렸다. 지금 심정 같아서는 누나가 나을 수만 있다면 기도 아니라 무슨 일이라도 할 수가 있을 것 같았다.

독사 형은 목사님이 병실에 드나드는 것을 달갑게 여기지 않았었다. 그런데 목사님이 날마다 오다시피 하면서 누나를 위해 기도를 드리자 같이 따라서 기도를 드렸다.

"형제님, 자매님은 참으로 강하신 분이십니다. 강하신 만큼 병을 털고 일어나실 것입니다. 그걸 믿고 우리 기도하십시다."

목사님이 독사 형의 손을 부여잡고 말했다.

"……."

목사님의 말에 독사 형은 아무 대꾸도 하지 않았다. 그저 묵묵히 목사님이 하자는 대로 따라 했다. 독사 형의 마음도 종수의 마음과 다름이 없을 것이다. 누나가 나을 수만 있다면 기도 아니라 무언들 못하겠는가 하는 마음 말이다.

"종수야, 네가 고생이 많구나."

목사님이 병실을 나서면서 종수의 어깨를 토닥이며 말했다.

## 12. 이별, 그 영원한 그리움

 수술을 하고 난 후 누나는 상태가 좋아졌다가 나빠졌다를 반복했다. 그래서 병원에서 퇴원을 하여 통원 치료를 하였다. 통원 치료와 간호를 하기 쉽게 거처도 옮겼다. 여전히 종수는 낮에는 누나 곁에서 간호를 하였고, 저녁에는 학원을 다녔다.

 그렇기 때문에 전처럼 누나 곁에서 하루 종일 있지 않아도 되었다. 그래서 종수는 가끔 형들이 일하는 곳으로 가 찍쇠 일도 거들었다.

 그동안 가을이 가고 겨울이 가고 봄이 되었다. 계절의 변화처럼 많은 것이 변하였다. 지난 여름 종수는 그렇게 바라던 고입 검정고시에 합격을 하였다. 개남이는 대입 검정고시에 떨어졌다. 그렇지만 개남이는 실망하지 않았다. 아주 근소한 점수 차이로 떨어졌기 때문이었다.

종수는 다시 대입 검정고시를 준비하였다. 그리고 검정고시에 합격하면 대학교까지 가리라 마음먹었다. 이런 마음을 먹은 데에는 누나의 영향이 컸다. 누나는 종수가 검정고시에 합격하자 종수보다 더 기뻐하였다. 그러면서 대입을 거쳐 대학까지 가라고 말했다. 독사 형이나 다른 형들도 다 그렇게 하라고 말했다.

종수는 용기백배하였고 개남이 역시 공부에 대한 열의를 불태웠다. 새로운 길이 보이고 새로운 희망이 보였기 때문이었다.

그러던 어느 날이었다. 독사 형이 식구들이 다 모인 자리에서 중요한 결단을 내렸다. 이 자리에는 누나도 참석하였다. 모처럼 온 식구들이 모이는 자리였다.

"오늘 내가 너희들에게 할 말이 있어 모이자고 했다. 이건 진즉에 생각한 것이었는데 오늘 때가 되어 말하는 것이다."

말을 하는 독사 형은 여느 때보다도 엄숙한 얼굴을 하였다. 형들이 그런 독사 형의 말에 잠자코 숨을 죽이며 독사 형의 다음 말을 기다렸다.

"그동안 너희들과 동고동락하며 오랜 기간을 한 식구처럼 살아왔다. 같이 살면서 어려움도 많았고 슬픈 일, 기쁜 일도 있었다. 처음 나는 너희들을 이용하여 내 돈벌이의 수단으로 삼으려 하였고 그렇게 해 왔다. 내가 이 세상에서 믿는 건 주먹과 돈이었다. 그러나 이제 와서는 그런 생각이 바뀌었다."

"……."

말을 하다가 독사 형이 말을 중단하고 허공을 쳐다보았다. 잠시 침묵이 흘렀다. 누구도 말을 꺼내지 못했다.

"내 생각이 바뀌게 된 건 여기 있는 혜련 씨의 영향이 컸다. 사실 너희들도 알다시피 혜련 씨는 누구나 손가락질하고 멸시받는 일을 하였다. 그러나 비록 그런 일을 하였지마는, 혜련 씨는 사람이 어느 환경에서도 사람 고유의 고귀한 품성을 버리지 않고 살 수 있다는 것을 나에게 보여주었다. 그런 혜련 씨를 보고 나는 한 사람의 남자로서 혜련 씨에게 관심을 가졌고 혜련 씨에게 다가갔다."

독사 형은 말을 하면서 누나에게 다정한 눈길을 보냈다. 그런 독사 형의 눈길을 받은 누나의 입가에 잔잔한 웃음이 퍼졌다.

"사실 오늘 내가 하려는 말은 이런 말이 아니다. 그동안 너희들은 지금까지 나와 함께 살았다. 그러나 이제 너희들도 나이를 먹었고 따로 독립해서 나가서 일을 해도 충분히 할

수가 있다. 그래서 내보내려 한다. 석길이 형은 이곳을 터전으로 해서 구두 수선과 구두를 닦으면 밥벌이는 할 것이다. 그리고 성길이와 문수 너희 둘도 따로 독립해서 일을 해라. 일할 수 있도록 내가 일터는 마련해 주겠다. 이제 너희 스스로 홀로서기를 하란 말이다. 누구의 간섭도 받지 말고 말이다. 개남이는 아직 홀로 서기는 이르니까 석길이 형과 같이 당분간 일을 하여라. 석길이 형이 구두 수선을 하고 개남이 네가 이제 구두를 닦으면서 독립할 준비를 하란 거다. 그리고 막내 종수는 혜련 씨하고 살 것이다. 아직까지 혜련 씨가 건강하지 않으니까 혜련 씨를 옆에서 도우면서 공부를 하면 될 것이다. 이상이다. 내 결정에 뭐 할 말들이 있으면 해라."

독사 형이 말을 마치고 식구들을 둘러보았다.

뜻밖의 독사 형의 말에 형들은 당황하는 기색을 보였다. 독사 형이 이런 결정을 하리라고는 생각하지 않았기 때문이었다. 그만큼 독사 형의 오늘 결정은 형들에게는 충격적인 일로 받아들여졌다.

"형님, 그러면 형님께서 우리들을 독립시키시고 일터를 우리 것으로 해 주시겠다는 말입니까?"

독사 형의 말을 묵묵히 듣고 있던 성길이 형이 드디어 한마디 하였다.

"그렇다. 그동안 너희들이 고생했으니 당연히 내가 그에 상응하는 보답을 하여야 하지 않겠냐?"

성길이 형의 말에 독사 형이 대답했다.

"알겠습니다. 형님, 고맙습니다. 형님 말씀대로 하겠습니다."

성길이 형이 감격스러운 얼굴로 독사 형에게 고개를 숙였다. 그러자 문수 형이 그런 싱길이 형을 힐끗 쳐다보며 자기도 한마디 해야겠다는 듯 말문을 열었다.

"형님, 그러면 형님은 앞으로 어떻게 하실 작정이십니까?"

"내 걱정은 마라. 나도 이제 이 세계에서 떠나 뭔가 사람답게 한번 살아야겠다. 우선 혜련 씨가 건강해질 때까지 여기에 머물다가 혜련 씨가 건강해지면 우리 고향으로 내려가려 한다."

"고향으로요?"

의외의 대답이라는 듯이 문수 형이 놀라는 표정으로 물었다.

"그래. 고향으로 가서 조용히 농사를 지으며 살고 싶다."

"……."

독사 형의 말에 형들이 모두 아무 말도 하지 못하고 입을 다물고 있었다. 각자 이런저런 생각이 떠오르는 모양이었다.

"개남아, 너는 어떠냐? 당분간 석길이 형 밑에서 구두를 닦으면서 기반을 닦아라. 그러면 내가 너에게도 이 다음에 구두 닦을 터를 하나 마련해 줄 테니까. 어떠냐, 네 생각은?"

독사 형이 아까부터 조용히 형들의 말에 귀를 기울이고 있는 개남이를 바라보며 물었다.

"저, 저요?"

갑작스런 질문에 순간 개남이가 당황하여 어쩔 줄을 몰라 했다.

"그래. 네 생각을 말해 봐."

"예, 형님 말씀대로 따르겠습니다."

개남이가 순순히 대답을 했다.

"그래. 넌 아직 어리니까 석길이 형 밑에서 구두를 닦으면서 수선하는 것을 배워라. 그리고 계속 저녁에는 공부를 하고 말이야."

"예."

개남이가 조그맣게 대답을 했다.

"그래요. 개남 씨는 공부를 계속 해야 해요. 지난번 대입 검정고시에 몇 점 차이로 떨어졌으니까 올해 열심히 하면 합격할 거예요."

누나가 독사 형의 말이 끝나자 개남이에게 한마디 격려의 말을 하였다.

독사 형의 말이 있은 얼마 후 독사 형의 말대로 실행하였다. 사금쟁이 석길이 형과 찍쇠 개남이는 현재 있는 곳에서 일을 하였다. 성길이 형은 성바오로병원 앞에 구두 부스를 내었고, 문수 형은 역 앞에 내었다. 종수는 바로 누나가 있는 집으로 거처를 옮겼다.

각기 따로 독립을 하였으나 서로 간의 유대는 여전히 가족처럼 이어졌다. 어려운 일이 있으면 언제나 독사 형이 앞서서 해결해 주었다. 독립을 가장 좋아한 것은 종수였다. 종수는 무엇보다 누나하고 살 수 있어서 좋았다. 종수는 낮에는 누나하고 공원에도 다니고 시내에 있는 고궁에도 다녔다. 그리고 밤에는 학원에 나가 열심히 공부를 하였다.

공부를 열심히 하는 것만이 독사 형이나 누나의 은혜를 갚는 일이라 생각하였다. 그리고 틈틈이 누나와 함께 병원에 다녔다. 누나는 건강이 많이 좋아졌으나 완전히 안심할 수만은 없는 상태였다. 그래서 정기적으로 병원엘 다녀야 했다.

독사 형은 동대문 시장 안에 옷가게를 열어 옷가게 운영에 힘을 썼다. 이제 독사 형은 청량리 주먹 왕초에서 옷가게 사장 최평우로 변신을 한 것이다.

독사 형은 날마다 누나의 집에 들렀다. 집에 들러서는 누나의 몸 상태를 살피고 필요한 것이 있으면 사다주었다. 주먹 하나로 청량리를 주름잡던 독사 형이 저런 데가 있었나 할 정도로 누나에 대한 사랑과 정성이 지극했다.

　싸움을 할 때에는 독사처럼 매섭고 비호처럼 빠른 독사 형. 대 여섯 명이 덤벼도 그들을 다 물리칠 정도의 싸움 실력이 있는 독사 형이었다. 그런 독사 형이 이제는 양처럼 순해져서 누나 앞에서 쩔쩔매는 모습을 보면 종수는 신기하게만 느껴졌다.

　사람의 일은 알 수가 없었다. 종수는 지금까지 자기가 살아온 과정을 생각해 보았다. 아무리 생각해도 꿈만 같았다. 일찍 아버지를 여의고 엄마에게는 버림 받았다. 친척집에 얹혀살면서 갖은 구박을 받고 살아온 일들이 어제 일처럼 생생했다. 그러나 지금은 너무나 행복했다. 친누나는 아니지만 친누나보다 더 잘해 주는 혜련이 누나. 그리고 친형 이상으로 자기를 보살펴 주는 독사 형. 그리고 한 식구처럼 같이 살았던 석길이, 성길이, 문수, 개남이 형.

"종수야, 종수야,"
　종수가 자기 방에서 공부를 하고 있는데 누나가 다급하게 종수를 불렀다. 종수는 보던 책을 그대로 놔두고 얼른 자리에서 일어나 누나의 방으로 건너갔다.

"누나, 왜 그래? 앗!"

방문을 열자마자 종수는 그만 기절을 할 듯이 놀랐다. 그도 그럴 것이 누나가 쓰러져 있었다.

"누나! 누나, 정신 차려."

종수가 누나의 어깨를 잡아 흔들며 소리를 질렀다.

"음…… 종수야……."

가는 신음을 하며 종수의 이름을 부르는 누나는 의식이 가물가물했다.

"누나, 정신 차려. 누나, 누나!"

종수가 어깨를 잡고 계속 흔들며 누나를 불렀다. 그러나 누나는 종수의 애달픈 부르짖음에도 불구하고 의식을 잃어 버렸다.

"누나! 누나! 누나 어떡해."

종수는 의식을 잃은 누나를 눕혀 놓고 방을 뛰쳐나왔다. 그리고는 공중전화로 달려가 독사 형에게 전화를 걸었다. 전화를 걸고 이십여 분이 채 지나지 않아 독사 형이 헐레벌떡 집 안으로 뛰어 들어왔다.

"종수야! 종수야! 누나 어떠냐?"

독사 형의 다급한 부름에 종수는 얼른 일어나 방문을 열었다.

"형!"

종수가 곧 울 듯한 표정으로 독사 형을 불렀다.

"그래, 누나는 어떠냐? 혜련 씨, 혜련 씨,"

독사 형은 누나를 부르면서 방으로 황급하게 들어왔다. 독사 형의 부름에도 누나는 기적도 없이 의식을 잃은 채 누워 있었다. 그 모습을 본 독사 형이 종수에게 서둘러 말했다.

"종수야, 안 되겠다. 빨리 누나를 내 등에 업혀라. 병원에 가야겠다. 너는 천천히 누나 옷이랑 세면도구를 챙겨가지고 와라."

"알았어요, 형."

종수는 누나를 부축하여 독사 형의 등에 업혀주며 말했다. 병원에 도착한 누나는 응급실로 직행했다.

종수는 허겁지겁 누나의 옷가지와 세면도구를 챙겨 병원으로 달려갔다. 병원에 도착하여 보니, 병실 복도에는 어느새 소식을 들었는지 선교회 목사님과 인권기관 사람들, 누나와 같이 일했던 누나들 둘과 성길이 형이 복도에서 걱정스런 얼굴로 서성거리고 있었다.

"안녕하세요?"

종수가 사람들을 보고 꾸벅 인사를 했다.

"오, 종수 오는구나. 어서 와라."

목사님이 종수를 반갑게 맞이했다.

"누나는 어떻게 됐어요?"

종수는 목사님에게 누나의 소식부터 물었다.

"응, 지금 안정을 취하며 누워 있다. 안정을 취해야 하기 때문에 우리가 밖으로 나와 있는 거야. 너도 들어가지 말고 잠시 이곳에 있거라."

"알았어요. 그런데 성길이 형, 큰형은 어디 갔어요?"

종수가 보이지 않는 독사 형을 둘레둘레 찾으며 물었다. 그러자 성길이 형이 걱정스러운 얼굴빛으로 대답했다.

"형님은 지금 담당 의사 선생님을 만나러 갔다. 이제 곧 오실거야."

"마침 저기 오시네."

누나와 같이 일했던 누나 중 한 누나가 복도 끝에서 걸어오는 독사 형을 보고 말했다. 그러자 모든 사람들의 눈길이 일제히 독사 형에게로 향했다.

"뭐라고 하십니까?"

목사님이 독사 형의 눈치를 살피며 물었다.

"예, 지금 혜련 씨의 상태가 안 좋답니다. 그래서 응급조치를 하고 있다고 합니다."

독사 형이 걱정스러운 얼굴로 목사님의 물음에 대답했다.

"형, 그럼 누나는……."

종수가 더 말을 이으려다 말을 잇지 못하고 침을 꿀꺽 삼켰다.

"……."

종수의 말에 독사 형이 더 이상 대답을 하지 못하고 허공을 쳐다보았다. 그런 독사 형의 모습에 모인 사람들 모두 아무 말도 하지 못하였다.

또 다시 누나는 언제 퇴원할지 모르는 기약 없는 입원을 하였다. 종수는 선과 같이 낮에는 누나 곁에 붙어 간호를 하였다. 그리고 저녁에는 여전히 학원을 다녔다.

병원에 입원해 있는 누나를 생각하면 종수는 공부고 뭐고 다 부질없다는 생각이 들었다. 언제 나을지도 모르고 만에 하나 누나가 죽을지도 모른다는 생각을 하면 자기도 모르게 눈물이 핑 돌았다. 그래서 종수는 아무도 모르는 곳에 가서 울기도 하였다.

고통을 못 이겨 신음하는 누나를 볼 때도 그렇고, 밥 때가 되었는데도 밥 한 숟가락도 입에 못 넘기는 것을 보고 있으면 눈물이 자기도 모르게 나왔다. 그래도 누나 앞에서는 눈물을 보여서는 안 된다는 생각에 종수는 눈물이 흐르려는 것을 참느라 어금니를 꽉 물은 적이 한두 번이 아니었다.

"이종수, 이종수 왔나?"

강의실에 들어서는 영어 강사가 종수를 찾았다. 영어책을 펴놓고 모르는 단어를 찾고 있던 종수는 자기 이름이 불려지자 깜짝 놀라 자리에서 벌떡 일어났다.

"예, 저 여기 있습니다."

"지금 빨리 병원에 가 봐. 누나가 병원에 있는 모양인데 위중한가 봐."

"예, 뭐라고요? 누나!"

강사로부터 위중하다는 말을 듣자 종수는 소리를 지르며 울음을 터뜨렸다. 그러자 강의실에 있던 사람들이 모두 어안이 벙벙하여 종수를 쳐다보았다.

"누나! 엉엉……"

종수는 가방을 챙겨야 하는데 가방을 챙길 정신도 없었다. 그러자 옆에 앉아 있던 사람이 종수에게 말했다.

"가방은 놔두고 빨리 병원에 가 봐. 가방은 내가 챙겨 놓을 테니까."

종수는 옆 사람의 말이 끝나기도 전에 강의실 문을 열고 뛰쳐나갔다. 어떻게 병원에 당도하였는지 종수는 단숨에 달려 누나가 입원해 있는 병실에 도착하였다.

"누나!"

종수가 누나를 소리쳐 부르며 병실 문을 왈칵 열었다.

"종수야! 흑!"

개남이가 먼저 와서 숨이 턱에 닿아 달려온 종수를 얼싸안고 울음을 터뜨렸다.

종수가 그런 개남이의 어깨 너머로 누나의 침대를 바라보니 침대에 흰 보가 씌워져 있었다. 그리고 침대 주위로 독사 형과 석길이, 성길이, 문수 형이 고개를 숙이고 있었고, 석길이 형 부인인 형수는 손수건으로 연신 눈가를 닦으며 울고 있었다.

그밖에도 목사님과 인권단체 사람들, 누나와 같이 일을 했던 누나들 그리고 몇몇 사람들이 슬픈 얼굴로 서 있었다.

"누나! 누나! 나 왔어!"

종수가 개남이를 밀치고 침대로 달려갔다. 그러고는 누나를 덮고 있는 흰 보를 와락 걷어 버리고 그 위로 엎어졌다.

"누나!"

누나를 외쳐 부르며 종수는 누나의 시신 위에 자기 몸을 던지며 몸부림을 쳤다. 그런 종수를 보고 주위에 서 있던 사람들이 고개를 돌리고 눈물을 흘렸다.

"종수야, 진정해라. 응, 진정해."

얼마 만에야 목사님이 종수의 어깨를 잡아 일으키며 말했다.

"놔두세요, 놔둬요! 누나, 죽으면 안 돼! 눈 좀 떠 봐!"

종수가 막무가내로 누나의 몸뚱이를 붙잡고 흔들며 울부짖었다.

"종수야, 인마. 그만해."

개남이가 흐르는 눈물을 팔뚝으로 쓱쓱 문질러 닦으며 종수를 잡아 일으켰다.

"형, 개남이 형! 이제 어떡해? 혜련이 누나가 죽었어."

눈물과 콧물이 범벅이 된 종수가 개남이를 붙잡고 또 다시 울부짖었다.

그때 고개를 숙이고 슬픔을 참고 있던 독사 형이 주머니에서 손수건을 꺼내 눈가를 닦으며 개남이에게 말했다.

"개남아, 네가 종수 좀 밖으로 데리고 나가 진정 좀 시키고 들어와라. 그리고 종수야, 이제 그만 진정해. 누나는 이미 죽었어. 네 슬픔이 크다는 것을 안다. 우리 모두도 너 이상으로 혜련 씨의 죽음을 슬퍼하고 있다."

두 눈이 충혈된 얼굴을 하고 독사 형이 개남이와 종수를 보고 말했다.

"알았어요. 종수야, 나하고 나가자."

개남이가 나가지 않으려는 종수의 팔을 잡아끌고 병실을 나갔다.

종수가 나가자 병실에서 찬송가가 흘러나왔다. 목사님이 예배를 인도하는 것이었다.

누나를 화장하고 돌아오는 버스 안이었다. 종수는 너무 울어 지쳐서 차창에 머리를 기대고 있었다. 누나의 시신이 담긴 관이 불 속으로 들어가기 전, 종수는 관 위에 엎드려 처절하게 울부짖었다. 목사님과 독사 형이 그런 종수를 떼어내며 말려도 소용이 없었다. 그처럼 한없이 애처롭게 울 수가 없었다. 이 광경을 목격한 형들과 문상객들 그리고 다른 유가족과 문상객들까지 눈물을 흘렸다.

"종수야, 종수야, 자니?"

독사 형이 가만히 종수의 어깨를 흔들며 종수를 불렀다.

"음…… 혀엉, 나 안 자요."

"그래…… 종수야, 너한테 줄 것이 있다."

그러면서 독사 형은 품 안에서 작은 봉투를 꺼내 종수에게 내밀었다.

"이게 뭐예요?"

종수가 독사 형이 내민 봉투를 받으며 물었다.

"그거…… 혜련 씨가 너에게 주라고 한 것이다."

"누나가요?"

종수가 놀라며 물었다.

"그래."

독사 형이 고개를 끄덕였다.

"이세 뭔데요?"

봉투 안을 들여다보며 종수가 물었다.

"열어 봐라."

"예……."

종수는 대답을 하고 봉투를 벌려 그 안에 있는 것을 꺼내 보았다.

봉투 안에는 통장과 편지가 들어 있었다.

"통장하고 편진데……."

"편지를 읽어 봐라."

독사 형이 몸을 좌석에 기대며 피곤한지 눈을 감았다.

종수는 편지를 읽기 시작했다.

'종수야.

네가 이 편지를 읽을 때 이 누나는 이 세상에 없겠구나.

그동안 이 누나는 종수 너로 인해 정말로 행복했다.

너 같은 동생은 아마 이 세상에는 없을 거야.

종수야,

내가 떠난다고 너무 슬퍼하지 마.

사람은 누구나 한 번 태어나면 한 번은 떠나지 않니?

조금 일찍 떠나고 늦게 떠나는 차이만 있을 뿐이야.

종수는 씩씩하니까 얼마든지 슬픔을 이겨내고 잘 살아갈 거야.

종수야,

어떤 어려운 일이 있더라도 희망을 잃지 말고 열심히 공부하여야 한다.

그래서 이 다음에 훌륭한 사람이 되어야지.

이 누나는 하늘나라에서도 종수 너를 위해 항상 기도할 거야.

그리고 종수야,

편지와 같이 있는 통장에는 누나가 그동안 일해서 모은 약간의 돈이 들어 있단다.

그 돈은 앞으로 종수 네가 공부하는 데 쓰거라.

앞으로도 큰형이 너를 친동생처럼 돌봐줄 거야.

큰형을 의지하고 열심히 공부해야 해.

약속할 수 있지.

그럼 이만 줄일게. 안녕.

편지를 읽으며 종수는 눈물을 흘렸다. 자기도 모르게 눈물이 또 다시 줄줄이 흘러내렸다. 그렇게 울었건만 어디에서 그렇게 눈물이 고였다가 나오는 건지 알 수가 없었다.

"종수야, 그건 네가 잘 간수해. 그건 이제 네 것이니까."

독사 형이 눈을 감은 채 나직하게 중얼거렸다.

"형…… 누나……."

종수는 형과 누나를 나직하게 부르며 차창 밖을 내다보았다.

차창 밖은 여전히 어제와 다름없는 풍경들이 고즈넉이 펼쳐져 있었다. 〈끝〉

### 작가의 말

'희망이 없는 시대에 우리는 살고 있다.'

누군가 이 시대의 징후를 보고 이런 말을 하는 것을 들은 적이 있습니다.

이런 부정적인 말을 그 사람은 무슨 근거로 서슴없이 하였을까요?

저 역시 이 말에 일면 긍정을 하면서도, 한편으로는 부정을 합니다.

긍정의 일면은 최근 일어나는 일련의 사태를 보고 말할 수 있습니다. 물론 제가 말하는 징후는 환경적인 징후에 국한된 것이기는 하지만, 사회적 징후 역시 '희망'이 없는 것은 다를 바가 없습니다.

그런데 이런 일련의 징후는 앞으로도 계속 일어날 것이라는 점에 그 사태의 심각성이 있습니다. 환경 재앙이 일어나는 원인이야 여러 가지가 있겠습니다. 그 여러 원인 중에 하나가 인간의 욕망과 탐욕이라고 저는 감히 말하겠습니다.

욕망과 탐욕이 무분별한 개발을 일삼아 자연환경을 파괴한 것이 원인이라고 한다면 틀린 말입니까?

자연환경의 파괴도 심각한 문제지만, 인간성의 파괴는 더 큰 문제가 되고 있습니다. 인간성의 파괴로 말미암아 사람과의 신의가 없어지고, 친구 간의 사귐도 이해관계로 사귀게 되고, 웃어른에 대한 예의와 이웃에 대한 배려는 정도 먼 옛날의 이야기가 되고 말았습니다. 사실 이런 것들은 사람들이 살아가면서 지녀야 할 가장 기본적인 덕목들입니다. 그런데 이런 기본적인 덕목들을 요즘은 찾아보기가 어려운 사회가 되었습니다.

우리의 청소년들은 '희망이 없는 시대에 우리는 살고 있다'를 더욱 실감하며 사는 것 같습니다. 그래서 저는 어른의 한 사람으로서 미안한 마음이 듭니다.

학교에 가면 하기 싫은 입시 위주의 공부로 스트레스를 받고, 집에 돌아와도 마음 둘 곳 없이 가족들 사이에서 겉돌며 혼자 소외되어 하루를 보냅니다. 상대를 이겨야 내가 사는 삭막한 경쟁과 치열한 입시, 대학 진학에 대한 부담, 진로에 대한 불투명함 등 부정적이고 절망적인 요소들뿐입니다.

그러고 보니 너무 부정적인 이야기만 한 것 같습니다. 그러나 강한 부정은 긍정이라는 말이 있습니다. 마음먹기에 따라 그리고 어떻게 생각하고 행동하느냐에 따라 인생은 달라지기 때문입니다.

저는 이 작품에서 고난에 처한 한 소년이 어떻게 자기의 운명을 개척해 가는지 그렸습니다. 의지가지없는 넓은 세상에 혼자 살아간다는 것은 보통 어려운 일이 아닙니다. 그러나 소년은 어려움을 이겨내며 꿋꿋하게 살아갑니다.

저는 이 소년이 어려움을 이겨내고 살아가는 근원적인 힘이 무엇인지 생각해 보았습니다. 그런데 그것은 다른 것이 아니라 '보잘 것 없이 초라하고 작은 것일지라도 애정을 가지고 바라보는 눈'이 그에게 있기 때문이라고 말하고 싶습니다.

흔한 얘기 같지만 그런 눈과 마음을 갖는 일은 쉬운 일이 아닙니다. 그러나 마음먹기에 따라 얼마든지 가능한 일입니다.

또한 이 소년은 주체적인 자기자각을 하는 능력이 있습니다. 이 능력이 소년으로 하여금 어려움 속에서도 자기를 지키고 버텨내도록 하는 힘이 되었습니다.

그렇습니다. 사람은 주체적인 자기자각이 없으면 행복할 수가 없습니다. 여러분들도 주체적인 자기자각을 바탕으로 힘든 시기를 극복하고 내일을 향해 나아가십시오. 자기주도

적인 삶을 살기 위해 노력하고 매진해 보십시오.

그러면 분명 여러분 앞에 새로운 삶이 도래할 것입니다. 힘내십시오. 그리고 의미 있고 가슴 벅찬 내일의 삶을 위해 노력하십시오.

끝으로 책을 내면서 소박한 바람이 있다면, 이 작품이 청소년 여러분들에게 작은 위안과 위로가 되기를 바랍니다. 그리고 이 책이 나오기까지 애써주신 어문학사에 깊은 감사를 드립니다.

2010년 2월
고양시 한뫼골에서
김종일

# 나는 살고 싶다

초판 1쇄 발행일 | 2010년 3월 23일

지은이 | 김종일
펴낸이 | 박영희
표지 | 강지영
편집 | 이선희·김미선
교정·교열 | 이은혜
책임편집 | 강지영
펴낸곳 | 도서출판 어문학사
      132-891 서울특별시 도봉구 쌍문동 525-13
      전화: 02-998-0094 / 팩스: 02-998-2268
      홈페이지: www.amhbook.com
      e-mail: am@amhbook.com
      등록: 2004년 4월 6일 제7-276호

인지는 저자와의 합의하에 생략함

ISBN 978-89-6184-104-7  03810

정 가 | 12,000원

※ 잘못 만들어진 책은 교환해 드립니다.